最难过的

莫过于

当你遇上一个特别的人

却明白

永远不可能在一起

或迟或早

你不得不放弃

红   hong
颜   yan
      lu
      shui

露

水

原谅我
不曾
为爱燃烧

红颜露水

张小娴 作品

北京联合出版公司
Beijing United Publishing Co.,Ltd.

红颜露水

原谅我不曾为爱燃烧……

目录
CONTENTS

chapter **1**

邂逅

001

chapter **2**

破碎的梦想

063

chapter **3**

幻灭

129

原谅我不曾为爱燃烧

chapter

1

邂／逅

红颜露水

红
颜
露
水

1

当我们坐在课室里准备上第一节课时，班主任带着一个新生和一个扛着大桌子的校工进来了。正在聊天的人马上安静下来。学生全都站起身朝老师行礼。

老师做了个手势要大家坐下来。

新生站在老师身后，那张精致无瑕的鹅蛋脸上带着些许羞涩的神情。她的年纪跟我们相若，约莫十一岁，蓄着一头清汤挂面的浅栗色直发，额上有个美人尖，一绺发丝轻轻拂在略微苍白的脸颊上，一双乌亮亮的大眼睛黑波如水，好奇地望着班上的女生。女生们也都好奇地盯着她看。她身材修长，身上那袭小圆翻领浅蓝色校服裙熨得服服帖帖，短袖下面露出来的两条瘦长膀子粉雕玉琢似的，刚刚开始发育的乳房微微地胀起来，脚上穿着雪白色的短袜和一双簇新的黑色丁带皮鞋。

老师示意她坐到后排我的旁边。

她乖乖走过来入座，把手上拎着的那个粉红色布书包塞到桌子底下。

"这位是新来的同学，告诉大家你的名字。"老师说。

新生这时有点窘地站起来，甜美的声音清脆地说出一个名字："邢露，露水的露。"

"坐下来吧！"老师说。

老师打开英文课本，开始读着书里的一篇范文。邢露从桌子底下拿出她的书，翻到老师正在读的那一页。这时，她转过脸来投给我一个微笑，那微笑，仿佛是羞怯地对我伸出了友谊之手。

我们之间只隔着几英寸的距离，我发现她的眼睛更黑更亮了，大得有如一汪深潭，仿佛可以看进去似的。我咧咧嘴回她一个微笑。这时，我看到她细滑的颈背上不小心留下了一抹雪白的爽身粉，心想也许是她今天早上出门时太匆忙了。

过了一会儿，我悄悄在一张纸条上写下我的名字传过去。她飞快地瞥了一眼那张纸条，长而浓密的睫毛眨动时像蝴蝶颤动的翅膀，在她完美的颧骨上落下了两行睫影。

邢露来的这一天，新学年已经开始了将近三个礼拜，我猜想她必然是凭关系才可以这时候来插班，说不定她是某个校董的朋友的女儿。

我们这所学校是出了名的贵族女中，上学和放学的时候，学校大门口都挤满了来接送的名贵房车，有些女生戴着的手表就是老师一个月的薪水也买不到。每次学校募捐的时候，她们也是出手最阔绰的。

我父亲开的是一辆白色的名贵房车，只是，他每天接送的不是我，而是我们的校长。父亲当校长的司机许多年了，我是凭这个关系才可以从小学三年级开始插班的。虽然成绩不怎么样，这一年还是可以顺利升上初中一年级。

学校里像我这样的穷家女为数也不少。但是，穷女生跟有钱的女生气质就是不一样，很容易就可以分别出谁是大家闺秀，谁是工人的孩子。

当我第一眼看到邢露的时候，不期然联想到她是一个富翁的女儿，母亲肯定是一位绝色美人。她是个被父母宠爱着娇纵着的千金小姐，住在一座古堡似的大屋里，度假的地点是欧洲各国。

那并不光光因为她长得美。她身上有一股不一样的气质。即使是学校里最富有、论美貌也不会输给她的几个女生，都没有她那股公主般的气质。

我总觉得邢露不属于这里，她该属于一个比这里更高贵的地方。直到许多年后，我这种看法还是没改变，就是不管邢露在什么地方，她都不属于那儿，而是某个更高贵的舞台。

邢露很安静。她永远都是像第一天来的时候那么干净整洁。她上课留心，读书用功，人又聪明，成绩一直保持在中等以上，从来不参加要付费的课外活动，仿佛她来这里只是一心要把书念好。

也许因为太安静了，大家对她的好奇心很快就消失了。班上那几个原本很妒忌她美貌的女生，也都不再盯紧她。

我和邢露变得熟络是大半年以后的事。一个冬日的午后，上数学课时，我们全都有点昏昏欲睡，我发觉邢露在桌子底下偷偷读着一本厚厚的爱情小说。

我很高兴知道，邢露原来也有"不乖"的时候。我也早就注意到，除了刚改版的课本，她用的是新书之外，其他的课本，她用的都是旧书。邢露并没有司机来接送，她上学放学都是走路的。我无意中看到她填给老师的资料，她住在界限街。

然而，我对邢露的看法并没有因此而改变，反倒觉得跟她接近了些。我甚至私底下替她辩护，认为她是某个富商跟漂亮情妇生下来的私生女，那个男人没有好好照顾她们母女俩。

邢露和我两个都爱听英文歌，会交换心爱的唱片。不过，我们最喜欢的还是下课后一块儿去逛百货公司和服饰店，只看不买，望着橱窗里那些我们买不起的漂亮衣裳同声叹息。邢露很少提起家里的事，我只知道她母亲管她很严。每次当我们逛街逛晚了，邢露都得打电话回家。

那天，我们逛完街，想去看电影。我头一次听到她打电话回去跟她母亲说话。

"你跟你妈妈说什么？我一句都听不懂。"

邢露回答："是上海话。"

我问她："你是上海人？"

"嗯。"

"刚刚那句上海话是什么意思？"

邢露那一汪深眸眨也不眨，若无其事地说："我告诉她，我跟同学在图书馆里温习，要晚一点回去。"

那几年的日子，我自认为是邢露最好的朋友。我简直有点崇拜她。在她身边，我觉得我仿佛也沾了光似的。邢露是不是也把我当作好朋友，我倒是没有去细想。她就像一位训练有素的淑女，很少会表现出热情来。除了必要时向她母亲撒谎之外，她是挺乖的。

然而，后来发生的那件事，对她打击很大。她绝口不再提，我也不敢问。

几个月后，会考放榜，成绩单发下来，邢露考得很糟，那对她是双重打击。她成绩一向都那么好，我不知道她怎样面对她母亲。

　　我的成绩不比邢露好，可我并不失望。我根本就不是读书的材料，巴不得可以不用再读书，早点出去工作，家里也没给我压力。

　　邢露也许是没法面对别人的目光吧。那阵子，她刻意避开我。我找了她很多遍，她都不接我的电话，后来更搬了家，连电话号码也改了。

　　从那以后，我和邢露失去了联络。每次坐车经过界限街那一排旧楼时，我总会不经意地想起她，想念那双如水的深眸。

　　邢露和我，直到差不多两年后才重逢。那天是一九八一年的秋天。

　　眼前的邢露出落得更漂亮了。她那头浅栗色的直发烫成了波浪形，身上穿着一袭黑色西装上衣和同色的直筒半截裙，脚上一双黑亮亮的高跟鞋，露出修长的小腿。

　　那是我们店里的制服。

　　要是当时我们比如今再老一些，我们也许会觉得生活真是个嘲讽。邢露和我读书时最爱逛服饰店，鼻子贴到橱窗上对着那些高级成衣惊叹。几年后，我们两个却都在中环一家名店当店员，天天望着摸着那些我们永远也买不起的昂贵衣裳，眼巴巴地看着它们穿在那些比不上我们漂亮却比我们老的女人身上。

邢露比我早一年进那家店。我们相遇的那天，是她首先认出我的。

"明真，你头发长了许多啊。"她朝我咧嘴笑笑，那双大眼睛比我从前认识的邢露多了一分忧郁。

就像她第一天来到学校课室那样，站在我面前的邢露，似乎并不属于这里。她该属于一个更高贵的地方，而不是待在这样的店里，每天服务那些气质远不如她的客人。

不管怎样，我们两个从此又聚首了。我看得出来，她很高兴再见到我。对于过去两年间发生的事，她却一句也没提起，仿佛那两年的日子丝毫不值得怀念。我猜想她大概过得很苦。

那时候，我正想离家自住，一尝不受管束的独立生活。我不停游说邢露跟我一块儿搬出来，却也没抱很大的希望。我知道她母亲向来管她很严。然而，我没想到，她考虑了几天就答应了。

　　邢露和我去看了一些房子，最后决定租下来的一间公寓在浣纱街，是一幢四层高的唐楼。我们住的是三楼，虽然地方很小，可是，却有两个房间和一个小小的客饭厅，墙壁还是刚刚漆过的。

　　邢露是个无可挑剔的室友。她有本事不怎么花钱却能把房子布置得很有品位。她买来一盏平凡的桌灯，用胶水在奶白色的灯罩上缀上一颗颗彩色水晶珠，那盏桌灯马上摇身一变成为高价品。

　　她会做菜，而且总是把菜做得很优雅。她从家里带来了几个骨瓷盘子，罐头也是盛在这些盘子里吃的。

　　邢露和我那几件拿得出来见人的衣服，是店里大减价时用很便宜的员工折扣价买的。邢露很会挑东西。虽然只有几袭衣裳和几双鞋子，但她总是能穿得很有时尚感，把昂贵和便宜的东西配搭得很体面。店里许多客人都知道她会挑衣服，态度又好，不会游说客人买不需要的东西，所以常常指定找她。

　　我们这些在名店里上班的女孩，只要有点姿色的，都幻想钓个金龟婿。大家一致认为邢露是我们之中最有条件钓到金龟婿的，可我们每次叽叽喳喳地讨论这些事情的时候，邢露都显得没兴趣。

那些日子，我交过几个男朋友，却从来没见过邢露身边出现男孩子。她工作卖力，省吃俭用，看得出手头有点拮据。我没问她是不是缺钱。虽然我们同住一室，她还是跟以前一样，很少提起家里的事。

约莫又过了半年，邢露和我偷偷到一家高级珠宝店应征。邢露被录取了。她会说日语和国语，我两样都不行。幸好，珠宝店就在中环，我们有时候还是可以一块儿吃个午饭。

日子一直过得平平静静。一九八三年那个寒冷的冬日早上，我哆嗦着走下床上洗手间，看到邢露已经换好衣服，正要开门出去。

我许多天没见过她了。那几天都有朋友为我庆祝生日，玩得很晚。我回家时，邢露已经睡着了。

"你没在珠宝店上班了吗？我前天下班经过那儿，走进去找你，他们说你辞职了。"我说。

她那双大眼睛瞥了瞥我，说："哦……是的。"

"好端端的干吗辞职？不是说下个月就升职的吗？是不是做得

不开心？"

邢露说："没什么，只是想试试别的工作。"

我问她："已经找到了新工作吗？"

邢露点了点头。

我又问："是什么工作？"

邢露回答道："咖啡店。"

我很惊讶，想开口问她为什么。邢露匆匆看了看手表，说："我要迟到了。今天晚上回来再谈好吗？"

临走前，她说："天气这么冷，今天在家里吃火锅吧！我还没为你庆祝生日呢！下班后我去买菜。"

"我去买吧。"我说，"今天我放假。"

"那好，晚上见。"

"晚上见。"

她出去了，我仍然感到难以置信。卖咖啡的薪水，不可能跟珠宝店相比，而且，她手头一直有点拮据。现在辞职，不是连年终奖金都不要了吗？她是不是疯了？何况，她根本不喝咖啡。

等她走了之后，我蹑手蹑脚地推开她的房门，探头进去看看，发现她床边放着一摞跟咖啡有关的书，看来她真的决心改行卖咖啡了。

那天晚上，邢露下班时，带着一身咖啡的香味回来。我们点燃起蜡烛，围在炉边吃火锅。她买了一瓶玫瑰香槟。

"你疯了呀！这瓶酒很贵的呀！"我叫道。

"不，这是为你庆祝生日的。"邢露举起酒杯，啜了一口冒着粉红泡沫的酒，一本正经地说，"我不喝酒，除了玫瑰香槟。"

说完，她静静地喝着酒。那的确是我头一回看到她喝酒。后来，那瓶酒喝光了。邢露站起来，摇摇晃晃地到厨房去喝水。我听到她不小心摔破了玻璃杯的声音。

我连忙走进去问她："你怎么了？"

邢露笑着把滴血的手指头放到唇边，皱了皱眉说："血为什么不是酒做的？那便不会腥了！"

邢露和我虽然都是二十二岁，但是，不管从哪方面看，她都比我成熟。我从来没停止过仰慕我这位朋友。直到许多年后，我还是常常想起第一次在课室里见到她的情景——她在我身边入座时，颈背上那一抹没有晕开的雪白的爽身粉，依然历历如绘。

后来有一次，她告诉我："是蜜丝佛陀的茉莉花味爽身粉！我把零用钱省下来买的。"

那股记忆中的幽香仍然偶尔会飘过我的鼻尖，仿佛提醒我，她是个误堕凡尘的天使，原本属于一个更高贵的地方。

我并未征得邢露的同意说出我所知道的她的故事，但是，我在这里所说的全都是真话，我相信我这位朋友不会责怪我的。

2

一九八三年冬天，一个星期四的清晨，邢露从家里出来，朝咖啡店走去。咖啡店离家约莫二十分钟的脚程。寒风冷飕飕地吹着，她一张脸冻得发白，更显得柔弱。

她身上穿着一件带点油腻的黑色皮革西装外套，底下一袭低领黑色缀着蕾丝花边的连身裙子，脚上一双黑色的短靴，风吹动她的裙子，露出纤巧的小腿。

她总是有办法把衣服穿得很体面。她知道鞋子最不能骗人，便宜货会毁了一身的打扮，因此，她这双皮靴是从前在服饰店工作时狠下心肠用员工折扣价买的。皮外套是她三年前在一本外国杂志上看到的。她把样式抄下来，自己稍微改了一下，挑了一块皮革，给一位老裁缝做。那位老裁缝是在她工作的那家服饰店里负责替客人改衣服的，他那双手很巧，店里的女孩都偷偷找他做衣服。邢露很喜欢这件皮革外套，连续三个冬天都穿它，好不容易才穿出一种带点油腻的高级皮革才会有的味道。

她前几天去把头发弄直了。一路走来，那头浓密的浅栗色头发给风吹乱了些。她把一绺发丝撩到耳后，裹紧了缠在脖子上的那条蓬蓬松松、樱桃红色缀着流苏的长围巾。像这样的围巾，她有好几条，不同颜色不同花型，用来配衣服，是她自己织的，款式旧了或者不喜欢，就拆下来再织成另一条。

她走着走着，经过一家花店，店里的一个老姑娘正蹲在地上把刚刚由小货车送来的一大捆一大捆鲜花摆开来，再分门别类放到门口的一个个大水桶里。

邢露的目光停在一大束红玫瑰上，那束玫瑰红得像红丝绒，刚刚绽放的花瓣上还缀着早晨的露珠。邢露伸手去挑了几朵，手指头不小心给其中一朵玫瑰花的刺扎了一下。她把手缩回来，那伤口上冒出了一颗圆润鲜红的血珠。邢露连忙把手指头放到唇边吮吸着，心里想："这是个不祥的预兆啊！"

那位老姑娘这时候走过来说："你要多少？我来挑吧！全都是今天新鲜搭飞机来的，一看它这么容光焕发就知道。"

邢露问了价钱，接着又杀了一口价，她知道，这些花到了晚上关店前至少便宜一半，明天就更不值钱了。

老姑娘遇到对手了，她看得出来眼前这个小姑娘是懂花的，也爱花。于是，老姑娘说了个双方都满意的价钱，用白报纸把邢露要的玫瑰花裹起来。

邢露付了钱，拿着花离开花店的时候，才突然想起咖啡店里不知道有没有花瓶。

3

咖啡店外面搁着两个塑胶箱。邢露俯身掀开盖子看看，原来是供应商早上送来的糕饼和面包，发出一种甜腻的味道。她闻着皱了皱眉。另一箱是咖啡豆。

她从皮包里掏出一串钥匙，弯下腰去，打开白色卷闸的锁。

卷闸往上推开，露出一扇镶嵌木框的落地玻璃门，邢露用另一把钥匙开了门进去。她先把手里的花和皮包随手放在近门口的一张木椅子上，然后转身把搁在门外的两个塑胶箱拖进店里，跟自己说："这就是我的新生活！"

呈长方形的咖啡店地方很小，加起来才不过几张桌子几把椅子，倒是有一个宽阔的核桃木吧台和一个有烤箱的小厨房。墙壁漆上了橘黄色，有些斑驳的墙上挂着几张咖啡和面包的复制油画，脚下铺的是四方形黑白相间的地板，从挑高的天花板上吊下一盏盏小小的黄色罩灯，很有点欧洲平民咖啡馆那种懒散的味道，跟外面摩登又有点喧闹的小街仿佛是两个时空。

邢露在吧台找到一排灯掣，黄黄的灯光亮了起来，她盘着双臂，望着橘黄色的墙壁咕哝："这颜色多丑啊！改天我要把它漆成玫瑰红色！"

转念之间，她又想："管它呢！我又不会在这里待多久！"

她看看吧台后面的大钟，七点三十分了，咖啡店还有半小时才开门营业。她在厨房里找到一个有柄的大水瓶，注满了水，把刚刚买的新鲜玫瑰满满地插进大水瓶里，搁在吧台上，心里想："有了玫瑰，才算是一天。"

随后，她脱下身上的皮外套，换上女招待的制服，那是一袭尖翻领长袖白衬衫和一条黑色直筒长裙。她脚上仍然穿着自己那双皮靴，对着洗手间的一面镜子系上窄长的领带。如果别的女孩在若隐若现的白衬衫下面穿着黑色缎面胸罩，总会显得俗气，但是，邢露这么穿，却有一种冷傲的美，仿佛这样才是正统似的。

她口里咬着两只黑色的发夹，把长发撩起来在脑后扎成一条马尾，凝视着镜子中的那张脸和完美的胸部。从小到大，别人都称赞她长得漂亮。母亲总爱在亲戚朋友面前夸耀女儿的美丽，但邢露觉得自己长得其实像父亲。

在外，妈妈总爱用上海话对听得懂和听不懂的人说："露露是我的心肝儿，我的小公主。"

邢露一度以为，自己天生是公主命。

她扎好了马尾，用发夹固定住垂下来的几缕发丝，系上一条黑色半截围裙，走到吧台，开始动手磨咖啡豆，然后把磨好的咖啡豆倒进黄铜色的咖啡机里。

过了一会儿，咖啡机不停地喧哗嘶鸣着，从沸腾的蒸汽中喷出黑色的新鲜汁液，一阵咖啡浓香弥漫。邢露自己首先喝下第一杯。

街上的行人渐渐多了，客人陆续进来，都是赶着上班的，排队买了咖啡和面包，边吃边走，也不坐下。

等到繁忙的上班时间过去，进来的客人比较悠闲，点了咖啡，从书报架上挑一份报纸，边喝咖啡边看报，一坐就是一个早上。

邢露坐在吧台里，一杯一杯喝着自己调配的不同味道的咖啡，心里埋怨道："咖啡的味道真苦啊！"

于是，她把苦巧克力粉加进一杯特浓咖啡里，尝了一口，心里说："这才好喝！"

她爱一切的甜，尤其是苦巧克力的那种甘甜。这里的苦巧克力粉还不够苦，改天她要买含百分之八十可可粉的那一种来加进咖啡里试试。

她那双大眼睛不时瞥向街外，留意着每一个从外面走进来的人。时间一分一秒地过去，她觉着自己的心跳仿佛愈来愈急促。她直直地望着咖啡店落地玻璃门外面穿着大衣、缩着脖子匆匆路过的人，心里跟自己说："只是咖啡喝得太多的缘故罢了。"

要是在珠宝店里，平日这个时候，那些慵懒的贵妇才刚起床，装扮得贵里贵气去逛珠宝店，买珠宝就像买一只可爱的小狗似的，眼也不眨一下。

这世界多么不公平啊！

坐在近门口处的一位老先生终于离开了。邢露拿起抹布和银盘子走过去清理桌子。这时候，寒冷的风从门外灌进来，她感到背脊徐承勋有点窘困地望着邢露的背影，他觉得她今天的神情有点扑朔迷离，然而，这样的她却更美了。

邢露把画全都挂上去之后，望着那一面她本来很讨厌的橘黄色的墙壁，心里惆怅地想："为什么会这样？现在连墙壁都变得好看了！"

一阵凉意，转过身去，看到一个高大潇洒的男人，手上拿着书和笔记簿走进店里。他约莫二十五六岁，瘦而结实，身上穿着一件黑色高领羊毛衫和牛仔裤，深棕色的呢绒西装外套的肘部磨得发亮，上面沾着红色的颜料渍痕。他有一张方形脸和一个坚定的宽下巴，一头短发浓密而帅气，那双大眼睛黑得像黑夜的大海，仿佛对这个世界充满好奇，上面还有两道乌黑的剑眉，好像随时都会皱起来，调皮地微笑或是大笑。

他在邢露刚刚收拾好的桌子旁坐下来，书和笔记簿放在一边，投给她一个愉快的微笑，说："看样子我来得正是时候。"

邢露瞥了他一眼，没笑，淘气地说："是啊！刚刚那位无家可归的老先生在这张桌子坐了大半天。"

他觉得这个女孩很有趣，笑笑说："放心，我不会霸占这张桌子多久，我是有家可归的。"

"没关系，反正也只剩下大半天就打烊了，况且，咖啡店本来就是这么用的。"

邢露搁下手里的银盘子，从围裙的口袋里掏出笔和纸，问他："先生，您要点什么咖啡？"

"咖啡牛奶。"他说。

邢露那双亮晶晶的黑眼睛露出困惑，眉头不禁皱了皱，重复一遍："咖啡牛奶？"

那语气神情好像觉得一个男人喝咖啡牛奶太孩子气了。

他腼腆地侧了一下头，为自己解窘说："牛奶可以补充营养……"

"所以……"邢露望着他，手上的原子笔在纸上点了一下。

"正好平衡咖啡的害处……"

"所以……"邢露拿着笔的手停在半空。

"两样一起喝，那就可以减少罪恶感！"他咧嘴笑笑说。

"这个理论很新鲜，我还是头一回听到。下次我喝酒也要加点牛奶。"

"你是新来的吗？以前那位小姐——"他问邢露。

邢露瞥了瞥他，说："她没在这里上班了。我调的咖啡不会比她差。你想找她吗？"

"哦……不是的。"

"老实告诉你——"邢露一本正经地说。

他竖起耳朵，以为以前那位女招待发生了什么事。

邢露接着说："她冬眠去了。"

他奇怪她这么说的时候怎么可以不笑。刚进来看到邢露时，他还以为她是那种长得美丽却也许很木讷的女孩子，他还从来没见过系上长领带的女孩子可以这么迷人。

他饶有兴味地问道："那么你——"

邢露偏了一下头说："我只有冬天才会从山洞里钻出来。"

"那么说，你就不用冬眠？"

邢露朝他撇撇头，终于露出一个浅笑，说："我又不是大蟒蛇！"

他憋住笑，礼貌地说："麻烦你，咖啡来的时候，给我一块巧
克力蛋糕。"

邢露朝他皱了皱眉摇摇头。

"哦，卖光了？那么，请给我一块蓝莓松饼。"

邢露又摇了摇头。

"既然这样——"他想了想，说，"请你给我一块乳酪蛋糕吧！"

邢露还是摇头。

"什么？都卖光了？"他懊恼地转身看向吧台那边的玻璃柜，却发现里面还有很多糕饼。他满肚子疑惑，对邢露说："有什么就要什么吧！"

邢露仍然皱着眉摇摇头。

他不解地看着邢露，心里想："这不是太奇怪了吗？"

邢露瞥了一眼旁边正在吃糕点的客人，凑过去压低声音跟他说："这里的糕饼难吃得要命！只有咖啡还能喝！"

他觉得邢露的模样可爱极了，探出下巴，也压低声音说："我也知道，但是，有别的选择吗？"

"明天这个时候来吧！"邢露挺了挺腰背说。

他好奇地问道："明天会不一样？"

邢露拿起搁在桌上的银盘子说："明天你便知道。要是你不介意，今天先喝咖啡吧。"

他笑着点头表示同意。

邢露托着银盘子，满意地朝吧台走去，动手煮他的那杯咖啡。热腾腾的咖啡送过去的时候，上面漂浮着一朵白色的牛奶泡沫花，总共有五片花瓣。他还从没见过这么漂亮的咖啡牛奶。

邢露静静地躲在吧台里，不时隔着插满新鲜红玫瑰的花瓶偷偷看他。后来，他又添了两杯同样的咖啡，一边喝咖啡，一边低头看书，有时候也放下手里的书看看街外，就这样坐了大半天。

邢露今天一整天灌进肚子里的咖啡仿佛比她身体里流的血液还要多，她觉得自己每一下紧张的呼吸都冒出浓浓的咖啡味，那味道很冲，险些令她窒息。

回去的路上，她经过一家酒铺，没看价钱，就买了一瓶玫瑰香槟，想着以玫瑰开始的一天，也以玫瑰来结束，反正以后的日子都会不一样。

她跟明真在窄小的公寓里边喝香槟边吃火锅。明真问她第一天的工作怎么样，她弄不明白她为什么辞掉珠宝店的工作而跑去当个咖啡店的女招待。在明真看来，咖啡店女招待是次一等的。

邢露敷衍过去了。后来，喝光了那瓶酒，她摇摇晃晃地拎起香
槟杯到厨房里倒杯水喝，一不小心把杯子掉到地上，那个杯像鲜花
一样绽放。她蹲下去捡起碎片时，手指头不小心被割伤了，正好就
是这天早上给玫瑰花刺扎了一下的那根指头。

明真走进来问她："你怎么了？"

邢露吮吸着冒血的手指头，心里想："这是个不祥的预兆啊！"

4

到了第二天午后，太阳斜斜地从街上照进来。那个男人又来了，还是穿着昨天那身衣服，看见邢露时，先是朝她微笑点头，然后还是坐在昨天那张桌子上，把身上的外套脱下来搭在旁边。

邢露走过去，问他："还是跟昨天一样吗？"

他愉快地说："是的，谢谢你。"

"我会建议你今天试试特浓咖啡，不要加牛奶。"

他那双黑眼睛好奇地闪烁着，说："为什么呢？而且，昨天你在咖啡里做的那朵牛奶花漂亮极了。我还想请教你是怎么做出来的。"

邢露抬了抬下巴，说："这个不难，只需要一点小小的技巧。我还会做叶子图案和心形。"

他的眼睛亮了起来，逗趣地做出很向往的样子，说："噢！心形！"

邢露憋住笑，说："但是，今天请听我的忠告，理由有两个——"

　　他一只手支着下巴，做出一副愿闻其详的样子。

　　邢露瞥了瞥他结实的胸膛，说："第一，你身体看来很健康，少喝一天半天牛奶并不会造成营养不良；第二，待会儿我给你送来的甜点，只能够配特浓咖啡。"

　　他点点头，说："第二个理由听起来挺吸引人的！那就依你吧！"

　　过了一会儿，邢露用银盘子端来一杯特浓咖啡和一块核桃仁黑巧克力蛋糕放在他面前，说："试试看。"

　　他拿起那块核桃仁黑巧克力蛋糕咬了一口，慢慢在口里咀嚼，脸上露出奇怪的表情。

　　邢露紧张地问："怎么样？"

　　"太好吃了！我从来没吃过这么美味的蛋糕。你们换了另一家供应商吧？早就该这么做了。"

　　邢露摇摇头，懒懒地说："是我做的。"

他讶异地望着她说："你做的？"

"你不相信吗？厨房里有一个烤箱，不信你可以去看看。"

看到邢露那个认真的样子，他笑笑说："美女做的东西通常很难吃。"

邢露扯了扯嘴角，说："看来你吃过很多美女做的东西呢！"

年轻的男人脸红了，低下头去，啜了一口特浓咖啡，脸上露出赞叹的神情说："吃这个蛋糕，咖啡果然不加牛奶比较好，否则便太甜了！"

这时候，邻桌那两个年纪不小的姑娘闻到了香味，探头过来，其中一个，高傲地指着人家吃了一半的蛋糕，说："我们也想要这个蛋糕。"

"哦……对不起，卖光了。"邢露抱歉地说。

然而，过了一会儿，邢露替他添咖啡时，悄悄在他空空的碟子里又丢下一块香香的核桃仁黑巧克力蛋糕。他投给她一个会意的眼神。她若无其事地走开了。

邻桌那两位姑娘闻到了诱人的香味，两个人同时狐疑地转过头来，把椅子挪过去一些，想看看男人吃的是什么。他用背挡住了后面那两双好奇的眼睛。虽然吃得有点狼狈，却反而更有滋味。邢露美丽的身影有如冬日的斜阳,静悄悄投进他的心湖,留下了一缕甜香。

第二天、第三天、第四天，他也是约莫三四点就来到咖啡店，喝一杯特浓咖啡，吃一块好吃得无以复加的核桃仁黑巧克力蛋糕。有一次，邢露还带他去厨房看看,证明蛋糕是用那个烤箱做出来的。

一天，邢露建议他别喝特浓咖啡了，索性罪恶到底，试试她调的苦巧克力咖啡，一半咖啡结合一半的苦巧克力粉。他欣然接受她的建议。咖啡端来了，他嗅闻着浓香，闭上眼睛尝了一口。

邢露问："怎么样？"

他回答说："我觉得自己甜得快要融掉了。"

邢露皱了皱眉头，说："是太甜吗？"

他发觉她误解了他的意思，连忙说："不，刚刚好！我喜欢甜。"

邢露要笑不笑的样子，说："从没见过男孩子吃得这么甜。"

他笑着问邢露："你的意思是，我已经够甜了？"

邢露没好气地说："那位不爱江山爱美人的温莎公爵的夫人说过，永远不会太瘦和太有钱。依我看，还要再加一项。"

他好奇地问道："哪一项？"

"永远不会有太甜的人！"邢露笑笑说，说完就端着托盘转过身朝吧台走去，脸上的笑容不见了，仿佛换了一张脸似的。她听到心里的一个声音说道："是啊！永远不会有太甜的人，只有太苦、太酸和太辣的。"

这一天，他边喝咖啡边埋头看书，不知不觉坐到八点钟，一抬头才发现，其他的桌子都空了，咖啡店里就只剩下他一个人。他起来，走到吧台那边付钱。

邢露坐在吧台里，正全神贯注地读着一本精美的食谱，两排浓密翘曲的睫毛在黄澄澄的灯影下就像蓝丝绒似的。他双手插在裤子的两个口袋里，静静地站在那儿，不敢打扰她。过了一会儿，她感到好像有一双眼睛在看她，缓缓抬起头来，发现了他。

"对不起，你们打烊了吧？"他首先说。

邢露捧着书，站起来说："哦……没关系，我正想试试烤这个比萨——"她把书反过来给他看。那一页是蘑菇比萨的做法，附带一张诱人的图片。她问他："你要不要试试看？"

他笑着回答："对不起，我有约会，已经迟到了，下一次吧。"

邢露说："那下一次吧。"

他把钱放在吧台上，然后往门口走去。邢露看着他离去的背影，脸上一阵红晕。这都是她的错，她不该这么快就以为自己已经把他迷倒了。

"多么蠢啊！"她在心里责备自己。

就在这时，他折回来了。

他带着微笑问："你做的比萨应该会很好吃的吧？"

邢露问："你的约会怎么办？"

"只是一个朋友的画展。"他耸耸肩，"反正已经迟了，晚一点过去没关系。他应该不会宰了我。我叫徐承勋，你叫什么名字？"

"邢露，露水的露。"

他笑着伸出一只手说："承先启后的承，勋章的勋，幸会！"

邢露握了握他伸出来的那只温暖的手，说："幸会。"

他念头一转："你会不会有兴趣去看看那个画展？离这里不远。我这位朋友的画画得挺不错。"他看看手表，说，"酒会还没结束，该会有些点心吃，不过，当然没你做得那么好。"

"好啊！"邢露爽快地点头。她看看自己那身女招待的制服，说："你可以等我一下吗？我去换件衣服。"

"好的。我在外面等你。"

邢露从咖啡店走出来的时候，已经换上了一件黑色皮革短外套，她里头穿一袭玫瑰红色低领口的吊带雪纺裙，露出白皙的颈子和胸口，脚上一双漆皮黑色高跟鞋，脸庞周围的头发有如小蝴蝶般飘舞。

徐承勋头一次看到邢露没扎马尾，一头栗色秀发披垂开来的样子。他看得呆了。

邢露问道："我们走哪边？"

徐承勋片刻才回过神来，说："往这边。"

邢露边走边把拿在手里的一条米白色缀着长流苏的羊毛围巾挂在脖子上。她正想把另一端绕到后面去时，突然起了一阵风，刚好把围巾的那一端吹到徐承勋的脸上，蒙住了他的脸。他闻到了一股香香的味儿。

"噢……天啊！"邢露连忙伸手去把围巾拉开来。

就在这时，她无意中瞥见对面人行道上一盏路灯的暗影下站着一个矮小的男人，正盯着她和徐承勋这边看。那个男人发现了她，立刻转过头去。

徐承勋不知道邢露的手为什么突然停了下来，他只得自己动手把蒙住脸的围巾拉开，表情又是尴尬又是销魂。这会儿，他发现邢露的目光停留在对面人行道上。他的眼睛朝她看的方向看去，什么也没看到。

那个矮小的男人消失了。邢露回过神来，把围巾在颈子上缠了两圈，抱歉的眼神看了看徐承勋，说："对不起，风太大了！"

徐承勋耸耸肩说："哦……不……这阵风来得正好！"

"还说来得正好？要是刚刚我们是在过马路，我险些杀了你！"

徐承勋扬了扬两道眉毛，一副死里逃生的样子，却陶醉地说："是的，你险些杀了我！"

邢露装着没听懂，低下头笑了笑。趁着徐承勋没注意的时候，她往背后瞄了一眼，想看看那个矮小的男人有没有跟在后头。她没有看见他，于是不免有点怀疑自己刚刚是不是看错了。

"你的名字很好听。"徐承勋说。

"是我爸爸取的。我是在天刚亮的时候出生的，他说，当时产房外面那棵无花果树上的叶子载着清晨的露水，还有一只云雀在树上唱歌。"

"真的？"徐承勋问。

"假的。那只云雀是他后来加上去的。"邢露笑笑说。

"你以前在别的咖啡店工作过吗？"

"我？我做过服饰店和珠宝店。"

"为什么改行卖咖啡呢？"

"衣服、珠宝、咖啡，这三样东西，只有咖啡能喝啊！"邢露微微一笑，"我不喜欢以前那种生活，在这里自在多了。你是画家吗？"她指了指他身上那件棕色呢绒外套的肘部。那儿沾着一些油彩的渍痕，她第一天就注意到了。

徐承勋暗暗佩服她的观察力，有点腼腆地点了点头。

邢露好奇的目光看向他，问道："很出名的吗？"

徐承勋脸红了，窘迫地说："我是个不出名的穷画家。"

"这两样听起来都很糟！"邢露促狭地说，"我知道有一个慈善组织专门收容穷画家。"

"真的？"徐承勋问邢露。

"假的。"邢露皱皱鼻子笑了，"你连续中了我两次圈套啊！"

徐承勋自我解嘲说："哦……我是很容易中美人计的！"

邢露说："画家通常都是死后才出名的。"

徐承勋说："作品也是死后才值钱的。你知道为什么吗？"

邢露说："画家的宿命？"

徐承勋笑了笑，说："画家一旦变得有钱，就再也交不出画了！"

"除了毕加索？"

"是的，除了毕加索。"

邢露撇撇嘴说："可他是个花心大萝卜呀！"

他们来到画展地点，是位处一幢公寓地下狭小的画廊，里面是一群三三两两大声聊天的人，他们大都很年轻。徐承勋将邢露介绍给画展主人，他是个矮矮胖胖、不修边幅的男人，五官好像全都挤在一块儿。然后徐承勋从自助餐桌上给邢露拿来饮料和点心。这时，有几个男士过来与他攀谈，邢露径自看画去了。那个晚上，当她瞥见徐承勋时，发现他身旁总是围绕着一群年轻的女孩子，每个女孩都想引起他的注意。邢露心里想："他自己知道吗？"

邢露并不喜欢矮胖画家的作品，他的画缺乏一种迷人的神采。这时，画廊变得有点燠热难耐，她不想看下去了。有个声音在她身边响起："我们走吧！"

几分钟后，她和徐承勋站在铜锣湾热闹的街上，清凉的风让她舒服多了。

"你喜欢我朋友的画吗？"徐承勋问。

"不是不好，但是，似乎太工整了……哦，对不起，我批评你朋友的画了。"

"不，你说得没错，很有见地。"停了一下，他问，"你住哪儿？"

"哦，很近，走路就到。你呢？"

"就在咖啡店附近。"

"那我走这边。"邢露首先说，"再见。"她重新系上围巾，裹紧身上的外套，走进人群里，留下了那红色裙子的翩翩身影。

5

一个星期过去了，邢露都没有到咖啡店上班。一天早上，她终于出现了。

看完画展第二天，她心里想着："不能马上就回去。"

于是，整个星期她都留在家里，为自己找了个理由："要是他爱上了我，那么，见不到我只会让他更爱我，不管怎样也要试试看。"

徐承勋一进来，看到她时，脸色唰地亮了起来，邢露就知道自己做对了。

已经是午后三点钟，斜阳透过落地玻璃照进来，店里零零星星坐着几个客人，都是独自一人，静悄悄的，没人说话。

徐承勋径自走到吧台去，傻乎乎的，几乎没法好好说话。

"你好吗？"他终于抓到这几个字。

"我生了病……"邢露说。

徐承勋问："还好吧？病得严重吗？"

"不是什么大病……只是感冒罢了。"

徐承勋松了一口气，眼里多了一丝顽皮，说："你那天晚上穿得那么漂亮，我还担心你是不是给人掳走了。"

"本来是的，但是我逃脱了。"邢露一脸正经，开始动手为他煮咖啡，"那天晚上忘了问你，你是画什么画的？"

徐承勋回答说："油画。"

邢露瞥了瞥他，说："我在想，你会不会有兴趣把作品放在这里寄卖，一来可以当作是开一个小型的画展；二来可以让多一些人认识你，也可以赚些钱；三来——"邢露把煮好的咖啡放在他面前。

"好处还真多呢！"徐承勋微微一笑，就站在吧台喝他的咖啡。

"三来——"邢露看了一眼挂在墙壁上的那些复制画，厌恶地说，"我受够了那些丑东西，早就想把它们换掉。"

"你老板不会有意见吗？"

"我说了算。这里的老板是我男朋友。"

"真的？"徐承勋脸上掠过一丝失望，酸溜溜地低下头去啜了
一口咖啡。

邢露瞥了他一眼，脸露淘气的微笑，说："假的。我老板是女
人……你第三次掉进我的圈套了！"

徐承勋笑开了："我早就说过，我是很容易中美人计的啊！"

邢露转身到厨房把一块刚刚烤好的核桃仁黑巧克力蛋糕放在碟
子里拿给他："你会不会考虑一下我的建议？"

徐承勋咬了一口蛋糕，说："凡是会做出这么好吃的蛋糕的女
孩子，提出的任何要求我都答应。"

邢露憋住笑说："我认识一打以上的女孩子会做这种蛋糕。"

6

可是，第二天，当邢露看到那些油画时，她心头一颤，后悔了。

她心里说着："不该是这样的，他不该画得这么好！"

徐承勋说："我不知道该怎么标价。"

那个黄昏，徐承勋带来了几张小小的油画，摊开在咖啡店的桌子上。邢露坐下来看画，她一句话也没说，狠狠地用牙咬着唇，咬得嘴唇都有点苍白了。看了好一会儿，她抬起头，那双大眼睛像个谜，说："先把画挂上去，我来标价吧！"

随后她问徐承勋："就只有这么多？你还有其他的吗？"

"在家里，你有兴趣去看看吗？"

"好的，等我下班后。"

邢露站起来，把油画一张张小心翼翼地挂到墙壁上。

7

徐承勋的小公寓同时也是他的画室，那幢十二层公寓有一部老得可以当作古董、往上升时会发出奇怪声音的电梯。公寓里只有一个睡房，一个简单的床铺、一间小浴室、一间小厨房，厨房的窗户很久以前已经用木板封死了，家具看上去好像都是救世军捐赠的，一张方形木桌上散落着画画用的油彩和工具，一些已经画好的油画搁在椅子上，另一些挨在墙边。

邢露看了一下屋里的陈设，促狭地说："天啊！你好像比我还要穷呢！"

徐承勋咯咯地笑了，找出一把干净的椅子给她。邢露把外套和围巾搭在椅子上，并没有坐下来，她聚精会神地看徐承勋的画，有些是风景，有些是人，有些是水果。

当邢露看到那张水果画的时候，徐承勋自嘲地笑笑说："这是我的午餐……和晚餐。"

邢露严肃地说："你不该还没成名的。"

徐承勋脸上绽出一个感动的微笑："也许是因为……我还活着吧！"

他耸耸肩，又说："不过，为了这些画将来能够卖出去，我会认真考虑一下买凶干掉我自己！"

邢露禁不住笑起来。随后她看到另一张大一点的画。

"这是泰晤士河吗？"她讶然问。

"是的。"

"在那儿画的？"

徐承勋回答："凭记忆画的。你去过吗？"

"英国？没有……我没去过，只是在电影里见过，就是《魂断蓝桥》。"

徐承勋问道："你喜欢《魂断蓝桥》吗？"

邢露点了一下头，说："不过，电影里那一条好像是滑铁卢桥。"

"对，我画的是伦敦塔桥。"

邢露久久地望着那张画。天空呈现不同时刻的光照，满溢的河水像一面大镜子似的映照桥墩，河岸被画沿切开来了，美得像电影里的景象。

她脸上起了一阵波动，缓缓转过身来问徐承勋："我可以用你的洗手间吗？"

她挤进那间小小的浴室，锁上门，双手支在洗手槽的边边，望着墙上的镜子，心里叫道："天啊！他是个天才！"

随后她镇静下来，长长地呼吸，挺起腰背，重新望着镜子中的自己，那双眼睛突然变得冷酷，心里想："管他呢！"

邢露从浴室出来时，看到徐承勋就站在刚刚那堆油画旁边。

"要不要一起吃个晚饭？"他问。

　　她瞥了一眼刚刚那张水果画，带着微笑问徐承勋："你是说要吃掉这张画？"

　　徐承勋咯咯笑出声来："不。我应该还请得起你吃顿饭。"他说着把她搭在椅子上的外套和围巾拿起来，"我们走吧！"

　　他们在公寓附近一间小餐厅吃饭。邢露吃得很少，她静静观察坐在她对面的徐承勋，眼前这男人开朗聪明，又有幽默感。他告诉邢露，他念的是经济，却选择了画画。

　　"为什么呢？"她问。

　　"因为喜欢。"他说。

　　邢露说："并不是每个人都可以随心所欲做自己喜欢的事呀！"

　　"那要看你愿意舍弃些什么。"

　　"那你舍弃了些什么？"

徐承勋咧嘴笑笑说："我的同学赚钱都比我多，女朋友也比较多。"

"钱又不是一切。"邢露说，"我以前赚的钱比现在多，可我觉得现在比较快乐。"她把垂下来的一绺发丝撩回耳后，"你有没有跟老师学过画画？"

"很久以前上过几堂课。"

"就是这样？"

徐承勋点点头说："嗯，就是这样。"

"但是，你画得很好啊！你总共卖出过几张画？"

徐承勋嘴角露出一个腼腆的微笑。

"一张？"邢露问。

徐承勋摇摇头。

"两张？"

徐承勋还是摇摇头。

邢露把拇指和食指圈起来，竖起三根手指，说："三张？"

徐承勋望着她圈起来的拇指和食指，尴尬地说："是那个圆圈。"

邢露叫道："一张都没卖出去？太没道理了！"

她停了一下，说："也许是因为……"

徐承勋点了一下头，接下去说："对……因为我还活着。"

邢露用手掩着脸笑了起来。

徐承勋一脸认真地说："看来我真的要买凶干掉我自己！"

邢露松开手，笑着说："但你首先得赚到买凶的钱啊！"

　　徐承勋懊恼地说："那倒是。"

　　他们离开餐厅的时候，天空下起毛毛细雨来，徐承勋拦下一辆
计程车。

　　他对邢露说："我送你回去。"

　　计程车抵达公寓外面，两个人下了车。

　　"我就住在这里。"邢露说。

　　"我送你上去吧。"

　　邢露看了看他说："这里没电梯。"

　　徐承勋微笑着说："运动一下也好。"

　　他们爬上公寓昏暗陡峭的楼梯。他问邢露："你每天都是这样
回家的吗？"

邢露喘着气说："这里的租金便宜。"

"你跟家人一块儿住吗？"
"不，跟一个室友住，她是我中学同学。"

到了三楼。"是这一层了。"邢露说着从皮包里掏出钥匙，"谢谢你送我回来。"

"我在想……"徐承勋站在那儿，脸有点红，说，"除了在咖啡店里，我还可以在其他地方见到你吗？"

邢露看了他一眼，微笑说："我有时也会走到咖啡店外面。"

徐承勋禁不住笑出声来。

"你有笔吗？"邢露问。

徐承勋连忙从外套的口袋里掏出一支钢笔递给邢露。

邢露又问："要写在什么地方呢？"

徐承勋在几个口袋里都找不到纸，只好伸出一只手来。

"写在这里好了！"

邢露轻轻捉住他那只手，把家里的电话号码写在他手心里。写完了，她想起什么似的，说："外面下雨啊！上面的号码也许会给雨水冲走。"

徐承勋伸出另一只手说："这只手也写吧。"

邢露捉住那只手，又在那只手的手心写一遍。写完了，她调皮地说："万一雨很大呢？也许上面的号码还是会给雨水冲走。"

徐承勋吓得摸摸自己的脸问道："你不会是想写在我脸上吧？"

邢露禁不住笑起来，喘着气，因为爬楼梯上来而泛红的脸蛋闪亮着，听到徐承勋说：
"这样就不怕给雨水冲走了。"

她看到他双手紧紧地插在裤子两边的口袋里。

"那你怎么召计程车回去？"她问。

徐承勋看了看自己的腿，笑着回答："我走路回去。"

邢露开了门进屋里去，脸上的笑容突然消失了。她在门后面的一把椅子上坐下来，疲倦地把脚上的皮靴脱掉。

明真这时从浴室里出来："你回来了？"

邢露点点头，把皮靴放好在一边。

雨忽然下大了，啪嗒啪嗒地打在敞开的窗子上。

"刚刚还没这么大雨。"明真说着想走过去关窗。

"我来吧。"邢露说。

起身去关窗的时候，邢露站在窗前，往街上看去，看到徐承勋从公寓出来，一辆车厢顶亮着灯的计程车在他面前缓缓驶过，他没招手，双手插在裤子的两个口袋里，踩着水花轻快地往前走。

邢露心里想："他说到做到，这多么傻啊！"

"刚刚有人送你回来吗？"明真好奇地问，"我好像听到你在外面跟一个人说话。"

邢露没有否认。

"是什么人？他是不是想追求你？快告诉我吧！"

邢露轻蔑地回答说："只是个不重要的人。"

那天夜里，邢露蜷卧在她那张窄小的床上，心里却想着那幅泰晤士河畔。

她心里说："他画得多像啊！泰晤士河就是那个样子！"

突然，她又惆怅地想："也许我已经忘记了泰晤士河是什么样子的了。"

随后她将脸转向墙壁，眼睛发出奇怪的光芒，嘴里喃喃说："得要让他快一点儿爱上我！"

8

第二天早上醒来，邢露经过老姑娘的那家花店时，挑了一束新鲜的红玫瑰，付了钱，听到老姑娘在背后嘀咕："长这么漂亮的女孩子，却总是自己买玫瑰花！"

快要到咖啡店的时候，她远远就看到徐承勋站在咖啡店外面。他双手插在裤子的口袋里，低下头去踢着地上的小石子。

邢露走过去，对徐承勋说："你还真早呢！"

徐承勋抬起头来，脸上露出有如阳光般的笑容，说："想喝一杯早上的咖啡！"

邢露瞥了他一眼说："哦……原来是为了咖啡。"

"哦……那又不是！"徐承勋连忙说。

"可以替我拿着吗？有刺的，小心别扎到手。"邢露把手里的花交给徐承勋，掏出钥匙打开咖啡店的门。

徐承勋拿着花，顽皮地说："我觉得我现在有点像小王子！"

"《小王子》里的小王子只有一朵玫瑰啊！而且是住在小行星上的。"邢露把卷闸往上拉起。

"小王子很爱他那朵玫瑰。"徐承勋替她打开咖啡店的玻璃门。

"可惜玫瑰不爱他。"邢露一边走进去一边说，"而且，他爱玫瑰的话，就不会把它丢在行星上，自己去旅行。"

"但小王子临走前做了一个玻璃屏风给它啊！"

邢露拿起吧台上的一只玻璃大水瓶，注满了水，接过徐承勋手里的玫瑰，插到瓶里，开始动手磨咖啡豆。

她带着微笑问徐承勋："你吃过早餐了吗？"

徐承勋回答说："还没有。"

"我正准备做松饼呢。有兴趣吗？"

"你会做松饼？"

邢露瞥了他一眼说："我不只会做核桃仁黑巧克力蛋糕。"

徐承勋说："那个已经很厉害了！"

"我还会做面包。今天我打算做一个核桃仁无花果面包。"

徐承勋露出惊叹的神色，说："你连面包都会做？"

邢露笑开了，把刚刚冲好的咖啡递给他说："我可以做一桌子的菜。"

"哦……谢谢你。"徐承勋双手捧着咖啡，有点结巴地问道，"今天晚上一起吃饭好吗？"

那是美妙的一天。他们去看了一场电影，然后到一家小餐馆吃饭。徐承勋充满活力，总是那么愉快，那愉快的气氛能感染身边的人。他们什么都谈，刚刚看完的电影、喜欢的书，还有他那些有趣的朋友。他教会她如何欢笑，而她已经很久没有由衷地笑出来了。当他谈到喜欢的画时，那些也正是她喜欢的。她默默佩服他的鉴赏力。他又告诉她，有一种英国玫瑰叫"昨日"。邢露笑笑说，她只听过"披头士"和"木匠兄妹"的《昨日》。

送她回家的路上，徐承勋说："《快乐王子》里的王子，没有玫瑰，不过，他有一只燕子，那只燕子爱上了岸边的芦苇，但是芦苇不爱它……结果，它没有南飞，留了下来，替快乐王子把身上的珠宝一一送给穷人。我小时候很喜欢这个故事。"

这时候，徐承勋怯怯的手伸过来握住邢露的手。

邢露羞涩地说："最后，燕子冻死在快乐王子像的脚边啊！这个世界上根本没有王子。"

他们相爱了。是怎么开始的呢？仿佛比她预期的还要快，有如海浪般扑向人生，冲击人生，她躲不开。

后来有一天晚上，他们去看电影。徐承勋去买票，邢露在商场里闲逛着等他。那儿刚好有一家卖古董珠宝的小店，她额头贴在橱窗上，看着里面两盏小射灯照着的一枚胖胖的玫瑰金戒指，圆鼓鼓的戒面上头，镶着一颗约莫五十分的钻石。以前在珠宝店上班的时候，她见过比这枚戒指名贵许多的珠宝，可是，不知道为什么，这枚戒指却吸引了她的视线。她心里想着："是谁戴过的呢？好漂亮！"

突然之间，她在橱窗的玻璃上看到一张脸，是那个光头矮小的男人的脸，他就站在她身后盯着她看。

邢露扭过头去，却什么也没看见。

她心里怦怦跳起来，叫道：
"我明明看到他的！又是他！他打算一直监视我吗？"

她追出商场，想看看那个人跑到哪里去。就在这时，一只手搭在她肩膀上，她整个人抖了一下，猛然回过头来。

"可以进去了。"徐承勋手里拿着两张刚刚买的票。看到她苍白着脸，他问她："你怎么了？"

邢露手按着额头说："你吓到我了！"

chapter

2

破碎的梦想

红
颜
露
水

1

邢露九岁那一年，父亲带着她飞去英国见一个她从没见过面的垂死的老人。

那是邢露头一次搭飞机。机舱里的空服员全都跑来看她。大家围着她，说从没见过这么粉雕玉琢的一个小人儿，眼睛那么大，那么亮，像天上的星星，长大了不知道还有多美。

她困了，蜷缩在父亲的大腿上。父亲摩挲着她的头发，说："你会爱上英国的，但是，你会恨它的天气。"

邢露早就梦到过英国了。

自从有记忆以来，每年圣诞节，邢露都会收到从英国寄来给她的圣诞礼物。那些礼物有穿深红色天鹅绒裙子的金发洋娃娃、上发条的金黄色玩具小狗、毛茸茸的古董泰迪熊、一整套硬纸板封面的童话书。有一次，她还收到皇室成员才吃得到的美味果酱和装在一个精致铁盒里的巧克力。

每年的圣诞节，成了邢露最期待的日子。

这些礼物，全都是一个老人寄来给她的。邢露只见过他的照片。照片中的老人瘦削潇洒，目光炯炯。

老人是邢露素未谋面的祖父。

邢家几代之前是从上海迁徙到香港的名门望族，由于子孙不懂经营，加上挥霍无度，到了邢露祖父这一代，也只剩下表面风光了。

祖父的父亲一共娶了三房太太，三位太太总共为他诞下十四个儿女。从英国留学归来的祖父排行第十三，并不是最得宠的一个儿子。性格叛逆的他，当年跟父亲吵了一架之后，拿着自己那份家产，带着妻子和独生儿子回英国去了。

祖父交游广阔，出身显赫，很快就打进了伦敦的上流社会。他断断续续在大学里教过书，也做过一些小买卖，但是从来没有一份工作做得长。到了后来，千金散尽，只得依靠妻子的嫁妆度日了。然而，纨绔子弟的习性和挥金如土的本性却始终改不了，喜欢美酒、美食和一切昂贵而不实际的玩意儿。

邢露的父亲是这样长大的。他是个美男子，由于母亲的溺爱，

从来不知道忧愁为何物，也看不见家里已经外强中干了。他善良开
朗、快活，书读得很随便，跟父亲合不来，却懂得一切美好的生活。
他爱游历、爱好艺术，到处写生，留下了不少风流韵事，远至马达
加斯加也有年轻的情人为他流泪。

他二十六岁那年，回去英国领了母亲留给他的一笔遗产，便再
也没有留下的理由。三十三岁那一年，他就像候鸟回归那样回到香港，
在外祖母家里邂逅了家中厨娘情窦初开的女儿。这个少女为他神魂
颠倒，为了把他留在身边，不惜怀上他的孩子。

两个人租下界限街一间小公寓，匆匆结了婚。七个月后，一个
晨光初露的秋天，邢露出生了。

妻子曾经对丈夫如痴如醉，为他显赫的家世和堂皇的仪容倾倒，
夫妻俩有过一段甜蜜的新婚日子。然而，几年过去了，婆婆留下的
遗产已经花得所剩无几，她发现从来没做过事的丈夫竟然天真地决
定当个画家，以为这样就可以养活一家三口。

结果，他那些油画一年到头也卖不出去。丈夫抱怨是别人不懂
欣赏，妻子则认为是丈夫不切实际。生活愈来愈拮据，妻子千方百

计替丈夫找到一份画师的工作，负责绘画戏院外墙那些巨型的电影广告牌。丈夫认为这是一种沦落，妻子则哭着说已经欠了房东三个月的租金。丈夫为了逃避妻子的唠叨，只好勉为其难答应。

其实，他早就被生活一点一滴地打垮了，那些浪迹天涯的轻狂往事已经束到记忆的高阁去，就像酒变成了醋，只留下单调乏味的婚姻生活。每天离家上班，就意味着可以暂时逃离妻子的抱怨。于是，他以游戏人间的方式投入地绘画过《冲天大火灾》里的摩天大厦、《金刚》里的黑猩猩和《唐山大兄》里李小龙那一身漂亮的肌肉。

为了纾解生活挫败造成的郁结，每个月拿到薪水之后，他把钱花得好像还是当年那个风流倜傥的阔少爷似的，有时候更喝得酒气冲天才回家。妻子在默默的忍耐中克制着怒气。为了帮补家计，她在一户富有人家里当厨娘。兜兜转转那么多年，她发现自己竟然又走在母亲那条老路上。于是，只要一有机会，她就会絮絮不休地提醒女儿："永远不要爱上光棍！"

"不要相信男人的甜言蜜语！"

"只有嫁给钱才会有幸福！钱是可以买到幸福的呀！"

　　她把化为粉碎的梦想寄托在孩子身上，期望她将来嫁个金龟婿。
女儿是她的骄傲，长得美若天仙，温驯听话，聪明用功。她每天为
女儿梳好那一头浅栗色的秀发，喂她喝牛奶和鱼油，把孩子打扮得
像小公主似的，不比任何一位真正的千金小姐逊色。

　　她对女儿管得很严，生怕她走上岔路。邢露小学毕业后，派到
一所男女中学。母亲一听到女儿要跟男孩子一起上课，就吓得昏了头。
拜托东家帮忙，终于靠着东家的面子把女儿弄进了一所贵族女中。

　　丈夫打心眼儿里瞧不起妻子的势利和肤浅。他教给女儿的是另
一些事情：他教邢露画画，时常穿着衬里缀着补丁的西装和那双鞋
底补了又补的皮鞋，像一位绅士似的，牵着她的小手，带她去看画展，
也带她到海运码头去看停泊在那儿的远洋邮轮。他走遍世界，告诉
女儿伦敦、巴黎、威尼斯、蒙地卡罗、布达佩斯的事情、从前的情人、
见过的大人物、参加过的大宴会……女儿崇拜父亲，父亲也在女儿
身上看到曾经年轻热情的妻子。父女俩渐渐成了同盟。

　　做父亲的，有一次因为一时高兴，把女儿的照片寄到英国给自
己的父亲，用一个小人儿来打破父子之间多年的隔阂。祖父被那张
照片打动了，那时刚好是十二月初。到了圣诞节，邢露收到祖父从

英国寄来给她的一份精致的礼物、一张近照和一封写着寥寥几行字的信，大意是："我想念你们。"

那些圣诞礼物一共送了六个年头，到了第七年五月的一天，送来的是一封电报。

祖父病危，电报上特别提到："想见见孙女儿。"

那一刻，邢露父亲看到的是再也没机会修补的父子情和悔恨；邢露母亲看到的却是一笔遗产。

"那个自私的老人就只有这一个儿子，何况，他生活在英国啊！"她心里想。

于是，她咬着牙把积蓄拿出来，典当了一些首饰，才凑够钱买了两张飞往伦敦的廉价机票，满怀希望地把父女两人送上飞机。

邢露没见到祖父最后一面。他们抵达医院时，老人已经在几个钟头之前安详地离开了人世间，把他带走的是淋巴癌。

老人留下的不是一笔遗产，而是一笔债务。儿子从律师那儿才知悉，父亲人生最后那几年的岁月全是建筑在债台上的。儿子听到了并不失望，反而觉得父子之间从来没有这么亲近过。他走了那么多的路，终于知道自己像谁了。

现在他思念起父亲来，对往昔的日子无比眷恋，于是，那天早上，他带着女儿离开寒碜的小旅馆，搭上一艘观光船重游小时父亲带他看过的泰晤士河。那时正是五月，是伦敦一年之中最漂亮的季节。邢露看到了皇宫、西敏寺、大教堂、伦敦塔桥、大本钟……

她指着在河岸上翱翔的白色海鸥，天真地问身旁的父亲："这些海鸥是谁的？"

父亲笑笑说：
"全都是属于女王的！"

"女王的？那总共有多少只？"

"就连女王自己也不知道。不过，她的侍卫每天都会替她数数看。"

上了岸，父亲兴致勃勃地跟邢露说："走吧！我们去吃饭。"

父亲带她走进一家古旧堂皇的餐厅，从天花板上垂挂下来一盏亮晶晶的巨大吊灯，墙上镶着镜子，拼花地板打磨得光可鉴人，桌上铺着附有红色流苏的天鹅绒桌布，服务生全都穿着黑色的燕尾服，脸上的神情高傲得像贵族。她吃了奶油汤和牛排，一小口一小口地啃着盛在一个银杯子里的草莓冰淇淋。

吃完饭，他们离开餐厅，走上伦敦大街时，邢露在一家店的蓝色橱窗前面停下脚步，脸贴到橱窗上，目不转睛地望着里面一盒木颜色笔。她一直想要这么漂亮的木颜色笔，装在一个金色的长方形铁盒里，每一支笔都削得尖尖的，总共有二十四种颜色。

父亲找遍身上每一个口袋，终于找到一张揉成一团的钞票，妻子给他的旅费就只剩下这么多了。这个乐天的男人潇洒地对女儿笑了笑，说："原来你将来也想当画家？好吧！我们就买下来。"

也许这个世上有比英国更美的国家，比伦敦更美的城市，然而，童年往事就像从高高的天花板上垂挂下来的那盏水晶吊灯上无数的小切面，在记忆里闪烁生辉，永远也不会熄灭似的。

许多年之后，人脸模糊了，泰晤士河的河水愈来愈模糊了，那盒木颜色笔也显得憔悴了，然而，每当邢露感到挫败和死心，她总以为，美好的生活与无限幸福就在那儿等待着她。为什么不能奔向那儿呢？

为了回到她向往的那片土地，她甚至会不惜一切。

2

邢露是什么时候发现自己奢华的天性的呢？

十一岁那年，母亲把她送进一所俨如修道院的贵族女中。开始的时候，邢露并不讨厌学校，在那里过得很快乐。她爱在教室的大吊扇下用手帕抹着颈子上细细的汗水，在外面铺着拼花地板的回廊上散步，爱看学校里最美丽的那几位修女。

邢露不信宗教，却常常到学校的小圣堂去，双手合十，跪在阴暗中。她爱的是墙上的彩绘玻璃、祭坛上的玫瑰花、念珠的慈悲、十字架上的受难耶稣和圣母怜子像。她倾听诗歌里忧愁的咏唱和尘世的空虚，那里回响着永恒的悲叹。

但是，不久之后邢露就发现，在学校早会上为唱诗班钢琴伴奏的那位高年级学生是富商的孙女儿；圣诞晚会时，在台上跳芭蕾舞的是建筑师的掌上明珠。她那些趾高气扬的同学，全是非富则贵，开车送她们上学的司机，其中有几个是穿一身笔挺的白色制服、头戴帽子的，看上去就像电影里一艘豪华邮轮上的船长。到了中午，那些女佣一个个排着队送午饭来给她们的小主人，生怕娇贵的小姐们吃不惯学校的饭菜。

于是，邢露变得愈来愈安静了，免得露出自己的底细来。

填写家庭资料的时候，父亲明明是一名绘画户外广告牌的工人，她却在职业那一栏巧妙地填上"画家"，母亲明明是厨娘，她只填上"家庭主妇"。

每一次学校向学生募捐的时候，邢露总是拼命游说母亲多捐一点钱，撒谎说有个最低限额。园游会的时候，老师发给每个学生一叠抽奖券，说明用不着全都卖光，邢露偏偏哄父亲替她全部买下来。她这些行为并不是出于慷慨或是善良，而是好胜和虚荣。

然而，邢露发现她永远不会是班上捐款最多的那个学生。她也没机会学钢琴和芭蕾舞。要是她能够，她难道不会做得比她们任何一个都出色吗？她不禁在心中质问上帝，为什么不能成为那样呢？为什么要贫穷呢？

贫穷并不是圣坛上的玫瑰花或者耶稣头上的荆棘冠冕，而是撒旦的诅咒。邢露不再去圣堂祈祷了。

她把好胜和虚荣改而投进书本里，她上课留心，读书用功，成绩总是名列前茅。她最爱上英国文学的课，在家里跟父亲说英语，心中暗暗瞧不起不会说英语的母亲，觉得这个厨娘的女儿配不上父亲。

然而，学校那张漂亮的成绩单只能满足她心中好胜的那部分，虚荣的那部分却感到饥渴。

到了情窦初开的年纪，邢露如痴如醉地沉浸在另一种书里，内容全是爱情，热恋中的男女，充满波澜的生活，短命的多情女子，在覆满玫瑰花瓣的地板上跳的华尔兹，大宅弧形露台上看的月光，生死不渝的誓言，雨中相拥的泪水，醉倒在怀里的吻，头戴珍珠冠冕披着白色面纱、拖着长长裙摆踏上红地毯的纯洁新娘和套在无名指上的盟约。十五岁以前的邢露，这几年间，双手都被这些租书店的旧书上的灰尘弄得脏脏的。

爱情不该是这样的吗?

华丽水晶大吊灯下的那支舞一直跳到永远，披着粉红色羽毛的多情小鸟在窗外翻飞，男人会为女人摘星星、摘月亮。

挂在邢露头顶上方一盏昏黄的罩灯，照亮着那个遥远而波澜起伏的世界，忧愁晚钟和痴情夜莺的歌声在那儿回响着，她苍白的少女时代是感情平庸的人无法到达的境界。

3

到了十五岁那一年，邢露爱上了一个男孩。

他跟她一样念高中一年级，是隔邻一所男校理科的高才生程志杰。程志杰是学校里风头最盛的运动健将，网球打得很棒，拿下了学界冠军的奖杯。他长得挺拔帅气，身上穿着雪白的球衣，在球场上奔跑的那个模样仿佛顶着一身的阳光。

一个冬日的黄昏，程志杰在学校外面头一次看到邢露，从那天起，每天上学和放学的时候，他总是找机会从她面前晃过。

其实，邢露早就风闻过他的名字了，她们学校的女生经常私底下谈论他，去看他比赛，为了他才去学习网球，故意在他练习的球场上出没。

一天，放学的时候，邢露发现程志杰坐在学校外面的栅栏上等她，身旁还围着几个小跟班。他看到她，连忙走过来自我介绍，匆匆把一张网球公开赛决赛的门票塞到邢露手里，满怀自信地说："你会来看我比赛的吧？"

邢露好奇地抬起头看了看他，收下那张门票。

比赛的那天，程志杰击败了厉害的对手，摘下冠军的奖杯，却赢得很寂寞，因为，他爱慕的那个女孩并没有出现在看台上。

第二天早上，邢露走进教室的时候，发现里面数十双眼睛全都看向她。她缓缓走过去，把放在她椅子上那只绑着银丝带的沉甸甸的金色奖杯拿开，随后若无其事地坐下来，把要用的课本摊开在桌子上，心里却翻腾着甜蜜的波澜。

那天放学的时候，程志杰身边的几个小跟班不见了。他走上来拦住邢露，噘着嘴问她："你昨天为什么不来？"

邢露看了他一眼，冷着脸说："有必要这么张扬吗？"

程志杰红着脸，一句话也说不出来。

邢露故意气他，说："我宁愿要一个鸟巢！"

看到程志杰那受伤的神情，邢露心中却又后悔了，害怕他不再找她。

然而，第二天早上，邢露走进教室的时候，发现一个孤零零的鸟巢可怜地放在她的椅子上，里面还黏着几根灰绿色的羽毛。那几个妒忌她的女生脸上露出讪笑和幸灾乐祸的神情，以为程志杰故意放一个鸟巢在那儿戏弄她，只有邢露自己知道，这个为她摘鸟巢的男孩子，也会为她摘星星、摘月亮。

那天放学的时候，程志杰在学校外面等她，看到她出来，他走上去，嘿着嘴问她：

"那是你要的鸟巢吗？"

邢露瞥了他一眼，说："你是怎么弄来一个鸟巢的？"

程志杰回答说："树上。"

邢露语带嘲讽地说："是你那几个跟班替你拿下来的吧？"

程志杰连忙说："是我自己爬上去的！"

他又不忘补上一句："我爬树挺快的。"

邢露好奇地问："那棵树有多高？"

"约莫一层楼吧！"

邢露吓坏了，叫道："天啊！你会掉下来摔死的！"

程志杰耸耸肩，说："没关系！你还想我为你做些什么？"

邢露笑开了："我现在还没想到，以后想到再告诉你。"

程志杰又问："你喜欢那只奖杯吗？"

邢露噘噘嘴说："你害得我很出名呢。"

程志杰怯怯地偷看了邢露一眼，说："我想把它送给你。"

邢露看了看他说："那是你赢回来的，我又不会打网球。"

程志杰雀跃地说："我教你。"

可是，邢露想起自己没有打网球穿的那种裙子，母亲也不会买给她。她低下头去，望着脚上那双黑色丁带皮鞋的脚尖，幽幽地说："我不一定想学。"

随后她听到学校的小圣堂敲响了五点的钟声，那声音变得很遥远。两个人已经不说话了，不时看向对方的脸。她的脸像春风，驱散了寒冬的萧瑟，那双黑亮的瞳孔流泄出一种声音似的，弯翘的睫影在那儿颤动着，想着幸福和未来、人生和梦想。夕阳落在远方的地平线上，天色渐渐暗了，爱情才刚开始自她脚踝边漫延开来。

为了跟志杰见面，邢露编造了许多谎言，做母亲的自以为一向把女儿管得很严，因此丝毫没有怀疑那些要到图书馆温习和留在学校补习的故事，也没注意到女儿的改变。

而今，在教室里上课的时候，邢露的眼睛不时偷偷看向窗外，因为从那些窗户看出去，可以看到隔壁那幢男校楼和那边走廊上的一排粉蓝色的栅栏，她的世界就封闭在那儿。

　　这双小情人一见面就互诉衷情，离学校不远竟然也大着胆子偷
偷牵着对方的手。志杰有时会带邢露回家，他跟父母和一个老佣人
住在一幢两层高的房子里。两个人躲在志杰的睡房里一起读书、听歌、
接吻，紧紧地拥抱。她有好几次推开他那怯怯地伸过来想要尝试抚
爱的手，坚定地说："要是你爱我，你会愿意等我。"

　　她的贞洁是为他们的爱情而守着的，并且相信他会因此感动。

　　然而，她是什么时候开始恨他的呢？也是在这个铺了厚地毯的
房间里。

　　那天，志杰结结巴巴地告诉邢露："爸爸要我去美国念书。"

　　她颤抖着声音问："一定得去吗？"

　　"那边的学校已经录取了我，我这两个月之内就要去注册。"
他不敢看向她。

　　邢露的眼泪扑簌簌地涌出来，叫道："你早就知道会走的！你
早就知道的！"

志杰临走前的那个夜晚，邢露瞒着母亲，偷偷走到公寓楼下跟他见面。她紧紧地搂着他，哭着说："你会爱上别人……你很快就会忘了我……为什么明知道要走还要开始？"

志杰向邢露再三保证："不会的……我不会爱上别人……我不会忘记你……"他抓住她两个肩膀，看着那双哭肿了的大眼睛，说："我想过了，等我在那边安顿下来，我马上叫爸爸出钱让你过去跟我一起念书。"

邢露彷徨地问："你爸爸他会答应吗？"

"他很疼我，他会答应的！只要我把书念好就跟他说。而且……"他带着微笑说，"他很有钱！没有问题的！"

邢露那双泪眼看到的是一个充满希望和无数幸福的未来。她终于可以离开这里了，可以摆脱母亲了。虽然舍不得父亲，但是，父亲会为她高兴的。其实，她根本就没想那么多，一心只想着志杰很快会把她接过去，两个人不会再分开。从此以后，他们会一起上学，几年后，他们大学毕业，说不定会结婚……还有梦寐以求的许多日子等着他们。

　　然而，他就像出笼的鸟儿一样，她抓不住了。起初的时候，他每天写信回来，然后是每星期一封，随后变成了每个月一封，信的内容由当初的痛苦思念变成总是抱怨功课有多忙，信写得愈来愈短，也没有再提起接她到美国读书的事。

　　那时差不多要会考，邢露每天摊开一本书，想集中精神，脑子里却一片混乱，一会儿安慰自己说："他在那边读书一定也很辛苦，所以没办法常常写信！"一会儿又悲观地想："说不定他已经爱上了别人。"

　　她整天躲在房间里胡思乱想，母亲以为她太紧张考试了，特别弄了许多补品，逼她吃下去，她却全都偷偷吐出来。

　　她不断写些充满热情的信给志杰，志杰的回信却愈来愈冷淡，而且常常是过了很久之后才回信。

　　那曾经自脚踝漫延开来，她浸泡在当中过日子的爱情，已经退到遥远的地方了。

　　她受不了，写了一封长信质问他是不是爱上了别人。她骄傲地表示，要是这样的话，她会祝他幸福，她会永永远远忘掉他。她这么说，只是想扑上去用双手和双脚抓住那无根的爱情。

信寄出去了，邢露每天心慌意乱地来来回回跑到楼下去检查信箱。那两个星期的日子太漫长了。一天，她终于在信箱里看到一个贴着美国邮票的蓝色信封。她手里抓着那封宣布她爱情命运的信，拼命爬上楼梯。信在她手指之间薄得像一片叶子似的。

她到了家，推开睡房的门，走了进去。

"我们这么年轻，还是应该专心读书的……我对不起你……你会忘记我的……你一定会找到幸福……"

邢露坐在床边，那双载满泪水的眼睛反复看着最后几行字，脑里乱成一团，整个人空了。她的世界已经化为粉碎，为什么不干脆死了算呢？为什么不能去美国呢？

母亲在外面叫她，邢露心烦意乱地把信藏起来，打开门走出去。

母亲给了她几件漂亮的衣服，是东家那个年纪和她差不多的女儿不要的旧衣服。

母亲说："那孩子今年要去美国读书了。临走前要在家里开几场舞会呢！"

邢露"砰"的一声直挺挺地昏倒在地板上。

那段日子是怎么熬过去的呢？她整天把自己锁在房间里，有时候倚在窗边，呆呆地看着街上，一看就是几个钟头，一句话也没说，吃饭的时候，只是勉强吃几口。

一天，邢露在公寓楼下坐了一个早上，为的是等邮差来。她心里想着："他也许会回心转意。"

邮差并没带来那种贴着美国邮票的蓝色信封。邢露失望地爬上楼梯，回到家里。

走进睡房时，她发现志杰写给她的那些信全都被拆了开来丢在桌子上，母亲站在桌边，露出吓人的样子。

邢露扑上去抓起那些信，哭着叫道："你为什么偷看我的信？！"

"你好大的胆子！"母亲抓住她一条手臂，把她拉扯过来，咆哮着，"你有没有跟他睡？"

"没有！"她啜泣起来。

"到底有没有？"母亲疯了似的，抓住她的头发，狠狠赏了她一记耳光。

五个指痕清晰地印在脸上。邢露挣脱了母亲，扑倒在床上号啕大哭。"没有！没有！没有！"那声音诉说着的却是悔恨。

可是，母亲不相信她，把她从床上拉起来，一直拉到街上，拦下一辆计程车，使劲把挣扎着哭着的她推进去。

在那间苍白的诊所里，一块布盖到邢露身上，她屈辱地躺在一张窄床上，弓起膝盖，张开两条腿，让一个中年女医生为她检查。随后，她听到那个人走出去跟母亲说话。

从诊所出来，母亲牢牢地握着她的手，眼里露出慈爱的神情。母女之间的恩怨化解了,仿佛她们是彼此在人世间唯一可以依靠的。母亲抹了抹眼角涌出来的泪水，喃喃地对女儿说："永远不要相信男人！"

邢露哭了，但是，她流的却是羞辱的泪水。

4

可是，母女之间不久之后又起波澜。中学会考的成绩单发下来了，邢露只有英文一科合格。早在放榜之前，甚至是在她考试的那段日子，她已经想到会有什么结果了。然而，就像天下间所有心存侥幸的人那样，邢露也抱着虚妄的希望。

现实却有如冷水般泼向她，她跟跄着悔恨的脚步，这就是爱情的代价。为什么要相信那个人呢？为什么天真地以为那个甚至没能力养活自己的男孩会带给她幸福和梦想呢？

那天晚上，邢露坐在公园的长椅上，脑子里空荡荡的，回家的路多么遥远啊！还有母亲那张愤怒的脸孔在那儿等着她。

直到公园关门了，她才踏着蹒跚颤抖的脚步回家，看到憔悴的父亲坐在公寓的楼梯上。父亲抬起头，看见她时，松了一口气。然而，随后他看到她的成绩单时，一句话也没说，把那张成绩单还给了她。

"你自己上去跟你妈妈说吧。"

邢露畏怯地一步一步爬上楼梯，那段路却像一千里那么漫长，实在是太漫长了。父亲为什么不陪她走这条路呢？那天，母亲把她揪上计程车拉她去诊所的时候，父亲并没有拯救她。这个晚上，他依然没有伸出双手拯救她，那就是出卖。曾几何时，父女俩是一对盟友啊！

邢露多么希望自己会昏倒，甚至滚下楼梯死掉算了，也不情愿面对母亲那张脸。

然而，当母亲终于看到她的成绩时，并没有骂她。母亲把自己关在房间里哭了。那比责备，甚至发疯，都更让她难受，仿佛她踩烂的不是她自己的人生，而是这个家庭的人生和未来，还有那个摆脱贫穷的希望。

父亲在楼梯上等她回去的这个晚上，也是他失去工作的夜晚。他喝醉酒，跟老板吵了一架，被开除了。

然而，他们却已经欠了房东三个月的租金。

一家人后来搬到一间更旧更小的公寓，父亲借酒浇愁，母亲则像一尊高傲的雕像那样，不跟邢露说话，也不看她一眼。

邢露想起已经逝世的祖父，她见过的只有老人的照片和那具留
有余温的尸体，然而，她却在已经渐渐模糊的记忆中想象那张脸是
慈爱的。要是祖父还在世，她会恳求祖父接她去英国。她会从头来过，
她也许还能抓回那些有如小鸟般掉落在泥泞里的无数梦想。

如今却只好去找工作了。她其实有着母亲的现实和好胜。她知道，
在贫穷的家庭里，谁赚到钱，谁就有地位。

由于长得漂亮，出身名校，英语也说得好，她很快就在一家服
饰店找到一份见习售货员的工作。每个月，她把大部分的薪水都交
给母亲，为的是要封住那张势利的嘴巴。果然，母亲又开始和她说
话了。

5

她本来是可以去当个小文员，过着朴素寒酸日子的，是她虚荣的天性把她带来这家开在丽晶饭店里的高级服饰店。

姿色平庸的人根本不可能在这里工作。众所周知，她们店里的售货员是这个行业中最漂亮和时髦，也最会穿衣服的。因此，能够进来的女孩脸上都难免带着几分势利和骄傲。

邢露是打败了许多对手，才跨进这个嵌金镶玉的浮华世界。

从前在学校念书的日子，她和李明真两个人最喜欢下课后去逛那几家日本百货公司，摸摸那些漂亮的衣服。许多次，她们甚至大着胆子把衣服拿去试衣间试穿，满足一下自己的虚荣心，从试衣间出来的时候，故意皱皱眉头找个借口说那件衣服不合适。然而，而今她每天随便摸在手里的衣服都值她几个月，甚至几年的薪水。

与其说这是一家服饰店，倒不如说这是一个挥金如土的乐园。客人们在这里挥霍着金钱，买衣服的钱甚至可以买一幢房子。这些人也挥霍着生活，挥霍着短暂的青春，迫不及待地把华丽的晚礼服和皮草大衣披在年轻的身体上，或是用同样的衣服来挽回已逝的青春。

进来这片乐园的都是浑身散发着光芒的人物。邢露就接待过一位欧洲公主和一位女男爵，也接待过阿拉伯王子和他那群美丽的妃嫔，更别说最红的电影明星和上流社会那些脸孔了。

然而，置身于浮华乐园的虚荣，很快就变成了更深的空虚，就像吸鸦片的人，一旦迷上了这种麻痹感官的逸乐，也愈来愈痛恨真实人生的一切。他们回不了头，仿佛觉得那些从袅袅上升的烟圈中看到的幻影才是至高的幸福。

有时候，邢露也像店里其他女孩一样，过了营业时间，等主管一走，就关起门来随意地从一排排衣架上挑出那些自己喜欢的衣服逐一穿在身上，然后站在宽阔的镜子前面叹息着欣赏自己的模样。起初的时候，邢露也尝到这份喜悦，可是，到了后来，这些借来的时光和借来的奢华只是加深了她的沮丧。

她诅咒上帝的不公道。那些客人的样貌并不比她出色，体态也不比她优雅。上帝是不是开了个玩笑，把她们的身份对调了？

于是，邢露咬着牙回到现实。接下来的日子，一切都变了。她默默苦干，参加公司为员工举办的那些培训班时，她比任何一个同事更努力去学习穿衣的学问，找资料、做笔记。她本来就拥有天赋的美好品位，成绩自然成了班上历年最好的，导师都对她另眼相看。她也去上日语班。

现在，每天上班，即使是面对那些最傲慢无礼的客人，她还是会露出微笑。她侍候周到，无可挑剔，再也提不起劲偷偷试穿衣架上那些昂贵的衣服了。

私底下，她变得沉默寡言、忧郁、平静，仿佛已经接受了这种宿命的人生。然而，愈是这样，她心里反而充满了欲望、愤怒和憎恨。她瘦了，苍白了，旁人都能感受到她身上那种冰冷的魅力。她的顺从其实也是抵抗，她的沉默只是由于倦怠。日子的枯燥单调，让她更向往她曾经幻想的爱情和死心过的幸福。

6

一天，邢露在店里忙着整理衣架上的衣服，有个声音在她身边响起。

"对不起，我想找一件衬衫。"

邢露转过头来看着说话的人。他仪表堂堂，身上穿了一袭白色的衬衫和黑色的笔挺西装，系了一条红色领带，脚上一双黑得发亮的皮鞋，眼睛在微笑，露出一口雪白的牙齿。那张快乐的脸显得生动活泼，仿佛随时都会做出许多可爱的表情来。

邢露发现他身上衬衫的胸口沾了一些还没干透的咖啡渍。

他望着邢露说："刚刚在饭店咖啡厅不小心弄脏了衬衫，待会儿要去喝喜酒，赶不及回家换另一件了。"

"好的，先生，请您等一下，我拿一些衬衫给您看看。请问怎么称呼您呢？"

他回答说："我姓杨。"

邢露问了他的尺码，随后从衣架上挑出一些衬衫，逐一在他面前铺开来，那儿一共有二十件。

"杨先生，您看看喜欢哪一件？"她问。

他溜了一眼面前的衬衫，皱皱眉头说："看起来全都很好！"

邢露歪着头，那双亮晶晶的大眼睛看向他说："嗯……对呀！都很适合您。"

他瞄了邢露一眼，耸耸肩："我全都买下来吧！"邢露神情平静，什么也看不出来："谢谢您，杨先生，今天晚上，您打算穿哪一件呢？"

他回答："你替我挑一件吧。"

邢露看了看他今天的打扮和他脖子上的领带，拿起一件有直条暗纹的白色衬衫给他，微笑着问他："杨先生，这一件您觉得怎么样？"

"很好。"他说。

随后邢露带他去试衣间。他换上那件新的衬衫出来时，松开的领带挂在脖子上，那模样好看极了。

"要我帮忙吗？"邢露问。

"哦……谢谢。"

他双手插在裤子的口袋里。邢露凑近过去，动手替他把领带重新系好。她的眼睛在弯翘的睫毛下边注视着前方，专注的眼睛睁得大大的，一张脸的轮廓在头顶的罩灯中显得更分明，抿着的两片嘴唇露出樱桃似的光泽。

她嗅到了他身上淡淡的古龙水香味，隐隐地感到他的鼻息吹拂着她头顶的秀发。她的头顶差一点就碰到他低垂的下巴，他无意中看到了她制服领口露出来的雪白颈子上留着一抹白色的粉末，看起来像爽身粉，散发着一股引人遐思的幽香。

两个人好一会儿都没说话。随后邢露松开了手，稍微挪开些许距离，说："行了。"

他摸了摸脖子上那条系得很漂亮的领带，说起了他其实不想去喝喜酒，他讨厌应酬。

邢露问："是朋友结婚吗？"

"不，是在史丹福留学时的旧同学。"

邢露说："哦……是美国……"

"你去过美国吗？"

邢露回答说："我没去过，不过，我认识一个旧朋友，在那边念书。"

对方问道："有联络吗？"

邢露想起了程志杰，她那双忧郁的大眼睛眨了眨，喃喃地说："已经没有再联络了。"

邢露把衬衫上的标价牌一个一个摘下来，接过了客人的信用卡看了看，他的名字叫杨振民。她让他在账单上签名。

对方再一次说："待会儿得找机会逃出来。"

邢露问："喜宴是设在这家酒店吗？"
对方点点头，笑了笑："听说差不多把香港一半的人都请来了。"

邢露铺开一张薄薄的白纸把衬衫裹起来，笑着说："结婚总是值得恭喜的。"

她仰起脸时，发现对方凝视着她，她脸红了。

随后她把裹好的衣服放到一个纸袋里，送客人出去。两个人在门口分手。她看到他一个人朝通往二楼大宴会厅的方向走去，那个穿着讲究的背影渐渐离她远了。

7

第二天，杨振民又来了。

看到邢露的时候，他露出一口洁白的牙齿笑笑说："昨天听你的话，一直坐到散席，吃得肚子胀胀的，得买一些新的裤子了。"

邢露问："你喜欢什么款式的？"

他回答说："你替我挑一些吧！你的眼光很好。"

像昨天一样，邢露挑的，他全都买下来。

三天两头，杨振民就跑来店里买衣服。他喜欢的衣服既随性也讲究，那种不协调却使他显得与众不同。他常常和邢露讨论穿衣的学问，他也喜欢古典音乐、喜欢歌剧、喜欢艺术。

有一天，杨振民谈起他去过很多地方，告诉她史丹福的生活，他们家在巴黎、东京、巴塞罗那和伦敦都有房子。

邢露强调说："我去过伦敦。我爷爷大半辈子都住在伦敦，不过，他许多年前已经死了。"

杨振民凝视着她，问："伦敦是不是你最喜欢的城市？"

邢露嘴里虽然说："没有比较，不会知道的呀！"

然而，对她来说，伦敦已经升华为一个象征，象征她也曾拥有俨如贵族般的家世，就像欧洲那些没落子孙，眼下的生活，只是命运的偶然。

随后杨振民说："我可能有一段时间都不再来了。"

邢露的脸色"唰"地转为苍白，问他："噢，为什么呢？"

杨振民双手插在裤子的口袋里，凝视着她那双乌黑的大眼睛说："我这阵子买的衣服，够穿十年了！"

邢露看了看他，抿着嘴唇说："对呀！一个人根本穿不了那么多的衣服！"

杨振民点点头："虽然买了那么多的衣服，我来来去去还是穿旧的那几件。"

邢露想找些事来做，分散自己的注意力，于是，她在货架上抓起几件好端端的衣服，又再折叠一遍。

"新买的那些为什么不穿出来呢？"她一边折衣服一边问。

杨振民说："我这个人，喜欢的东西就会一直喜欢。"

邢露瞥了他一眼，只说了一句："哦……有些客人也是这样。"

"而且——"杨振民说，"我下星期要去意大利。"

邢露问："是跟朋友去玩吗？"

杨振民雀跃地说："不，我是去参加赛车。"

邢露吃惊地问："你是赛车手吗？"

杨振民笑笑说："跟几个朋友业余玩玩罢了。"

邢露睁大眼睛说："赛车很危险的呀！"

杨振民脸上露出很有信心的样子："看着觉得很危险，其实不是的，只要试过一定会爱上它。"

然后，杨振民看了看手表，仰起脸来望着邢露说："你快下班了？"

邢露回答说："是的，快下班了。"

杨振民又问："下班后有空一起吃顿饭吗？"

那是一个愉快的夜晚，邢露坐上杨振民那辆屁股贴地的鲜红色跑车。他的车在曲折多弯的郊区公路上奔驰起来。邢露不时用双手掩着眼睛不敢向前看。杨振民好几次拉开她的手，说："不用怕！"

车子像风一样奔向山顶，他们在山上一家餐厅吃饭。两个星期以来一直下雨，这天刚好放晴，夜空一片清亮，星星在那儿闪烁着。
杨振民叫道："我们运气真好！"

邢露说："就是啊！已经很多天没看到星星了。"

杨振民凝视着她的双眼，说："不过，你的眼睛比星星还要亮。"

邢露笑笑："是吗？"

杨振民再度凝视她，说："一双眼睛这么大，是个负担吧？"

邢露皱了皱鼻子说："负担？"

杨振民咧嘴笑了笑："这双眼睛，还有这么长的睫毛，少说也
有两百克重吧？怎么不会是一种负担？不过，倒是个美丽的负担。"

邢露笑了："你在史丹福念数学的吗？怎么会一算就算出两百克来？"

杨振民回答说："我是念工商管理的。"

他说起他从美国毕业回来后就管理家族的生意，他家是做纺织
业的。他本来想自己出去闯，但是父亲需要他。吃完饭后，他们在
山顶散步。他爱慕的眼光望着她，问她："明天还可以见到你吗？"

邢露揉了揉甜蜜的眼睛，朝他微笑。

接下来的那个星期，他们每天都见面，在不同的餐厅吃烛光晚餐，餐厅里的乐队在他们桌边高歌。有几个晚上，他们还去跳舞，有时也跑到海滩，赤着脚散步。

有一天晚上，杨振民把那辆跑车开到海滩上，两个人在月光下谈心。

随后的两个星期，邢露却饱受思念的甜蜜和煎熬。杨振民去了意大利参加赛车。邢露一时担心他会出意外，一时又害怕他离开那么久，又去了那么远的地方，也许会发觉自己并不思念她，毕竟，他们之间什么事都没发生啊！

那天，杨振民终于回来了。邢露下班后，离开酒店，看到他那辆红色的跑车在斜阳的余晖中闪闪发光。他从驾驶座走下来，走向她，像个小男生似的，凑到她耳边，有如耳语般说："我很想你！"

邢露陶醉了，想起曾经溜走的爱情，而今又回到她的脚踝边，日常生活掉落在非常遥远的他方，漫长的梦想实现了。杨振民教会她如何享受生活，他懂得一切优雅的品位和好玩的玩意儿，他努力取悦她，像个痴情小男生那样迷恋她，一见面就对她细诉衷情，刚分手就跑回来说舍不得她。

现在邢露快乐了，她心里开始想："他早晚是会向我提出那个要求的，我该给他吗？"

这一天，杨振民带着邢露来到他们家位于郊区的一幢别墅。车子开上山径，经过一个树林，一座粉白的平顶房子在眼前出现，几个穿制服的仆人露出笑脸，站在通往大门的台阶上欢迎他们。杨振民把车停下，下了车，抓住邢露的手，没有首先进屋里去。

他对她说："我带你去看一样东西！"

他们穿过别墅的回廊来到屋后面的花园，一片绿油油的草地映入眼帘，花园的边缘是两排茂密的老树，长长的枝丫在风中摇曳。

他们穿过草地，邢露那双漂亮的红色矮跟尖头鞋子踩在露水沾湿的草地上。

邢露问："你要带我看什么呢？"

杨振民没有回答，走了几十步，他们来到一片空地上。突然之间，邢露面前出现一头大黑熊。那头大黑熊被困在一个巨大的铁笼里。

邢露惊得叫了出来，紧紧抓住杨振民的手，躲到他背后去。

"这是我爸爸的宠物，很多年前一个朋友送给他的。"

那个笼子用一条沉甸甸的锁链拴住。他们挪到笼子前面。杨振民转过脸去跟邢露说："你看！它不会吃人的！"

邢露探出头来。那头大黑熊懒懒地在笼子里踱着步。它看来已经很老了，鼻子湿湿的，眼睛很小，身上的黑毛脏兮兮的，胸部有一块蓝白色的斑纹，好像根本没发现有人在看它。

除了在书上，邢露还没见过熊呢！而且是一头养在私人别墅里的大黑熊。她大着胆子从杨振民背后走出来，问他："它是公的还是母的？"

杨振民回答说："公的。"

那头大黑熊踱到笼子前面，傻兮兮地打了个呵欠。

邢露又问："它几岁了？"

突然之间，大黑熊整个挺立起来，粗壮的后肢垄着地，两只前肢抓住笼子的铁栅栏。邢露吓得掩面尖叫。杨振民连忙把她搂在怀里，安慰她说："别怕！我在这里！"

两个人离开花园，回到别墅里，吃了一顿悠闲的午饭，伴随着一瓶冰冻的香槟。杨振民带她四处参观，来到一个房间，房间的中央摆着一张豪华大床，铺着丝绸床罩。斜阳的余晖透过窗户的纱帘斑斑驳驳地照进来。邢露和杨振民坐在床沿喃喃地说着话。

杨振民问她："你想喝点什么吗？"

邢露回答说："我不渴。"

他突然把她搂在怀里，她身上的黑色羊毛裙子跟他的蓝色衬衫上的纽扣纠缠在一起。她羞涩地闭上眼睛，一条腿悬在床边，碰不到地，那只红色的尖头鞋子挂在赤脚的脚趾上，在那儿颤抖着。

8

邢露在自己的欲望中奔流，那是个无限幸福与热情的世界。从前，母亲总是一再提醒她，男人只要把一个女人弄上床，便不会再爱她。她相信了母亲。为了她和程志杰的爱情而守住那脆弱的贞操，结果却拴不住他。

母亲错了，这种事情只会让两个人变得更亲近。邢露觉得自己仿佛从来没有这么爱过一个人，没这么爱过一双眼睛和那喃喃倾诉心情的嘴唇。

她太爱他了。有一次，她要他说出一共跟几个女孩子睡过，杨振民告诉了她，邢露却妒忌起那些她从没见过面的女人，开始想象她的"情敌"长什么样子。

邢露咬着嘴唇问："你爱她们吗？"

杨振民窘困地摇摇头。

邢露责备他说："男人竟然可以跟自己不爱的女人睡的吗？"

　　尽管杨振民百般辩解，邢露仍然恨恨地望着他。直到他凝视着她，发誓说：“我从来没像爱你这么爱过一个女人！”

　　听到他这么说，邢露温柔地摩挲着他的脸，赏给他一个吻。

　　这个游戏永远不会完。下一次，她骄傲地抬起下巴，问他：“你以前那些女朋友……她们长得漂亮吗？”

　　她喜欢看到杨振民苦恼着解释的样子，喜欢听他说出赞美的话语，这一切都让她相信，如今是她拥有他。

　　他们常常去跳舞，在烛光下纵声大笑，在别墅那张大床上慵懒地喝着冰冻的玫瑰香槟。邢露带着画纸和画笔到那儿写生。她替那头大黑熊画了一张素描，也替别墅的老园丁画了一张。那个人有一张布满孤独皱纹的脸，总是笑得很苦。她梦想着要当一个画家，摆脱那个她从早到晚要看人脸色的浮华乐园。

　　她现在向往的不也是一种浮华吗？她却把这种浮华当成是精神的愉悦，把用钱买到的浪漫当成是爱情的甜蜜。她追逐那种生活，却只看到那种生活的幻影。她常常想象有一天，她头戴花冠，披着长长的面纱，穿着比银狐还要雪白的婚纱，挽着父亲的手臂，高傲地踏上红地毯，杨振民就站在地毯的那一端等她。

婚后，他们会住在比这一幢别墅更漂亮的大宅里。他们过着热闹繁华的生活，也许还会参加化装舞会，在朦胧的月光下久久地跳着舞。

爱情不是需要这样的夜色吗?

9

可是，一天夜晚，邢露下班经过饭店大堂的时候，看到那儿衣香鬓影，男的穿上黑色礼服，女的穿上名贵晚装，鱼贯地踏上那条通往二楼大宴会厅的白色大理石楼梯。宽阔的楼梯两旁，盛开的白玫瑰沿着镶金边的扶手一直绵延开去，消失在看不见的尽头。

她从前经过这里都不看一眼，今天却不知不觉停下了好奇的脚步，向往地想象自己将来的婚礼。她溜了一眼摆在楼梯脚旁边的那块金属脚架，上面一块金属牌上写着一双新人的名字。她发现新郎的姓氏和英文名字跟杨振民一样。

邢露心头一颤，想着说："这个英文名字很普通呀！"

何况，杨振民正在美国出差呢！他前两天临上机的时候还跟她通过电话。她问他什么时候回来，他说这一次要去三个星期，挂线之前还在电话里吻她。

大宴会厅里那个同名同姓的新郎，又怎么会是他呢？

然而，邢露还是不由自主地爬上那条白色大理石楼梯。她靠到一边，扶着扶手往上走，那儿回响着醉人的音乐和喧闹的人声，穿着华丽的宾客在她身边经过，她显得那么寒碜，甚至瘦小，没有人注意她。

她一直往上走，觉得自己一颗心怦怦乱跳起来，仿佛没法呼吸似的。她突然想起中学会考放榜那天，她孤零零地爬上楼梯回去见母亲。她已经不记得那段路是怎么走完的了。

这会儿，邢露已经站在楼梯顶。一个捧着鸡尾酒的侍者从她面前经过。大宴会厅外面挤满等待进去的宾客，大家三三两两地挤在一起聊天。她从那些人身边走过，突然发现几个穿黑色礼服的年轻男子，每人手里拿着一杯香槟，围着一个穿白色礼服和黑色长裤的男人高声大笑。

邢露看不见那个男人的脸，她走近些看，其中一个年轻男子看到了她，朝她看过来。这时，他身边的其他男子挪开了些距离看向她。邢露终于看到那个穿白色礼服的男人了，他衣服的领口上别着新郎的襟花，看起来容光焕发，正在放声谈笑。

邢露那双有如燃烧般的大眼睛凝视着这位新郎，他不就是那个两天前还说爱她，几天前还和她睡的男人吗？

　　而今他却站在那儿，想装着不认识她。他身边那几个年轻男人都用奇怪的眼光看着她这个不速之客。

　　邢露转过身去，背着那些目光，蹒跚地走下楼梯，走到最底下的两级时，她飞奔了出去。

　　酒店外面停满了车，邢露从一辆驶来的车子前面没命地冲了过去，司机狠狠地按喇叭。她头昏了，颤抖着脚步继续往前跑。这时候，一只手使劲地从后面抓住她的胳膊。她扭过头来，想甩开杨振民那只手。他抓住她，把她拉到地下停车场去。

　　她挣扎着向他咆哮："你打算什么时候才告诉我？"

　　杨振民紧紧抓住她两条胳膊，脸上露出好像很痛苦的表情，说："我不知道怎么告诉你，我怕你会离开我。"

　　邢露大声抽泣起来，说："我们在一起六个月了，你是说……六个月来，你都没机会开口跟我说？"

杨振民沉默不语。

邢露吼道："你认识我的那天，你已经知道自己要结婚了！你为什么还要骗我？！"

杨振民那双手始终没离开她，深怕只要一放开手，邢露便会做出什么不顾后果的事情似的。他解释说："那时候……我并没想过我们会开始……"

邢露因愤怒而尖声脱口叫道："但是你也没想过不去结婚！"

杨振民依然抓住她的胳膊无奈地说："这桩婚事是家里安排的！"

邢露看了他一眼，恨恨地说："是吗？你是被逼的！你很可怜！对方一定是一位漂亮的大家闺秀吧？我真是同情你……你没法不娶她！"

她的目光落在他那身考究的礼服上。

"但是如果一个人是被逼去当新郎的，绝不会像你刚刚看起来那么高兴，那么容光焕发、谈笑风生……我忘了恭喜你呢！杨公子！恭喜你和你的新娘子白头到老，永结同心！"

邢露想要从他手上挣脱开来，杨振民把她搂得更紧，他红着眼睛说："你别这样，你不会知道，也不会明白……我是多么爱你呀！"

邢露仰起脸，那双模糊的泪眼静静地凝视着他。她啜泣起来，问他："你没骗我？"

她看来有如受伤的小鸟在雨中抖动着，那双悲哀的大眼睛漾着颤抖的泪水。他心动了，低下头去吻那双泪眼。邢露搂着他的脖子，踮高脚尖，她的吻落在他的嘴唇上。

突然之间，杨振民惨叫一声，把她推开来。她踉跄着脚步往后退，发出凄厉的笑声，用手背揩抹嘴角上的鲜血。

她在他唇上狠狠咬出了一个血洞，鲜血从那个血洞涔涔流出来。杨振民用一条白色的手帕按住伤口，愤怒地望着她。

她头发披散，慢慢站稳了，嘴唇哆嗦着说："现在去吻你的新娘子吧！"

他朝她大吼："你疯了！你这个疯婆子！"

她舐了舐嘴边的血，那双受伤的大眼睛绝望地看着他，说："假如是我的话，我不会说这种话……说我被逼娶一个我不想娶的女人……说我有多爱你……你把我当作什么了？你的情妇？你的玩物？然后嘲笑我的愚蠢和天真？整整六个月，你让我相信你，你说你爱我……如果没有认识你，我本来是可以幸福的！"

杨振民的嘴唇扭曲着，他低着头用双手去按住那个伤口，不让血弄污他身上白色的礼服，他克制住怒气和想扑过去揍她一顿的冲动，说："是你自愿的！"

邢露跌跌撞撞地往后退，冲到外面去。她跑过马路和人行道，喘着气，觉得这一切仿佛都只是个幻影，她拥抱过的东西全都粉碎了，像粉末般从身边飞散。她想起程志杰曾经每天坐在学校外面的栅栏上等她放学的情景。她也想起笼子里那头大黑熊孤寂的身影、和杨振民跳过的舞、在郊区别墅那张床上喝过的玫瑰香槟、在白色丝绸床单上留下的斑斑血迹。她整个人被往事掏空了。

然而，隔天她还是回去上班，往苍白的脸颊上擦上蜜桃色的腮红，那张咬过另一张嘴巴的嘴巴紧紧闭着，忘记了血的腥味。

一个月后，拿了年终奖金，邢露离开了那儿，转到中环置地广场另一家服饰店上班。那是另一个浮华乐园。在那里工作一年后，她重遇中学时最要好的同学李明真。她突然发现，只有年少时的友情还是纯真的。她离开了家，跟明真合租了一间小公寓。她没有对明真提起过去的事。为了赚钱，她默默苦干，仿佛身边的一切都与她无关了。她的灵魂早已经随着那些她拥抱过又破碎了的无数梦想从身边飞散开去。

10

邢露从枕头上转过脸去看徐承勋，他睡得很酣。他们头顶上方那盏黄澄澄的罩灯，照着他那张俊秀的脸，他看起来就像个孩子似的，毫无防备，任何人都可以在这时候伤害他。

睡着时，徐承勋的一只手仍然牢牢地握住她的手，仿佛是要这样一直握到永远似的。邢露突然想起，从来没有一个男人这么温柔地用手裹住她的爱情。她想凑过去吻他，差一点要吻下去的时候，她却被自己的这种感情吓坏了。她把脸缩回来，小心翼翼地把手从他那只手里抽出来。

她轻轻地掀开被子走下床，抓起床边一件羊毛衫套在身上，裸着双脚走到厨房去喝水。她渴了，倒了一大杯水，仰起头喝下去，水从她嘴边流出来，沿着下巴一直淌到白皙的颈子上。她心里说："我才没有爱上他……那是错的。"

然而，跟徐承勋一起，她的确度过了许多个愉快的夜晚。就像今天晚上，她跟他几个朋友一起吃饭：两个跟他一样的穷画家、一个潦倒的作家和一个等待成名的导演。这些人对她都很友善。他们聊天、说笑，畅谈理想和人生。徐承勋毫无疑问是他们中间最出色的，却那样谦虚留心地听着其他人滔滔不绝地发表意见。他有一股难以言喻的迷人魅力，每个人都喜欢他。

"他们根本不认识他！不知道他本来是什么人！"邢露看了一眼这个寒酸的厨房，唯一的一扇窗子也被一块白色的木板封死了，就像她的内心早就封死了，是不该再有任何感觉的。

她把空的杯子放到洗手槽里，那儿搁着一个调色盘和一把铲子，调色盘里还有未用完的油彩。

她望了一眼那块用来封着窗子的白色木板，觉得它太可怜了。于是，她拿起铲子和调色盘，在木板上画上两扇半开的窗户，窗户左边是鳞次栉比的房屋，掺杂其中的路灯，大片铺陈开来的柏油路，画的上方是渐层变化的蓝色夜空，右边窗户上挂着一个苍白的月亮。

这片风景就像是从这扇窗子看出去似的，她看到了一个辽阔的天地。

这时，邢露感到背后好像有人在看她。她转过头去，看到徐承勋站在身后，只离她几步远，刚睡醒的头发乱蓬蓬的。

"你醒啦！"她说。

徐承勋脸上露出惊讶的神情说："你没说过你会画画。"

"我乱画的。"邢露说，"这个窗口为什么要封起来呢？"

"我搬进来的时候已经封死了，房东说是因为刚好对着旁边那间饭馆的烟囱。"

徐承勋走近些，看着邢露在窗口上画的那片风景，惊叹着说："你画得很好！"

邢露把铲子和调色盘放到洗手槽里，说："你别取笑我了。"

"你有没有学过画画？"

"我？小时候学过几堂素描。"邢露淡淡地说。

"你很有天分！"

邢露笑笑说："这我知道，但是，当然不能跟你比。"

徐承勋说："你该试试画画的。"

邢露毫不动心地说："不是每个人都可以做自己喜欢的事的呀！"

徐承勋把她拉过来，搂着她的腰，望着她那双深邃的大眼睛，苦恼地说："有时我觉得我不了解你。"

邢露用指尖轻轻地摩挲着他的鼻尖，说："因为……我是从很远的外星来的嘛！"

徐承勋吻着她的手指说："原来……你是外星人？"

邢露一本正经地点点头说："这个秘密只有你一个人知道。"

"那么，原本的你是什么样子的？"

徐承勋这个突如其来的问题吓了她一跳。她镇静过来，缩回那根手指，放到那一头披垂的长发里，严肃地说："头发是没有的……"

随后邢露的手指移到眼角："眼睛是两个大窟窿，看不见瞳孔……"

那根手指一直往下移："鼻子是塌下去的，口里没有牙齿，皮肤长满疙瘩。"

最后，邢露把一根手指放在徐承勋眼睛的前方，说："就只有·根手指。"

徐承勋抓住邢露那根手指，笑着说："我很害怕！"

"好吧！"邢露做了个潇洒的手势，"我答应你，我永远不会让你看到我本来的样子。"她心里想着，"是啊！你不会看到。"

徐承勋突然问道："那你为什么会找上我？"

邢露那双美丽的大眼睛定定地看着他，柔媚地说："因为你是地球上最可爱的……一件东西！"

徐承勋望着她身上那件蓬蓬松松的深灰色开胸连帽兜的羊毛衫，

说："但你也用不着穿了我的羊毛衫吧？"

邢露拍拍额头说："噢……怪不得我刚刚一直觉得有点松。"

"这可是我女朋友亲手织的，从来没有女人织过羊毛衫给我！对不起！我不能把它送给你。"

这是邢露花了一个夜晚不眠不休织给徐承勋的。那天收到这份礼物时，徐承勋高兴得像个孩子似的，马上套在身上。邢露觉得袖子好像短了些，但是徐承勋硬是说不短，怎么也不肯脱下来，还开玩笑说，万一脱了下来，怕她会收回去。

那件羊毛衫穿在徐承勋身上很好看，是她花了一个夜晚不眠不休织给他的。那只是用来俘虏他的一点小伎俩，她没想到他会感动成那个样子。

邢露双手抓住身上羊毛衫的衣角往上拉，露出了肚子，作势要脱下来，说："你要我现在就还给你吗？"

徐承勋把邢露拉过来，将她身上羊毛衫的帽兜翻到前面去盖在她头上。那顶帽兜是根据他的尺码织的，对她来说大了一点，帽檐遮住了邢露的一双眼。

她背靠在他怀里笑着问："你要干吗？"

"我有一样东西给你，你先不要看。"徐承勋双手隔着帽檐蒙住她双眼。确定她什么也看不见之后，他把她带出去。

徐承勋的胸膛抵住邢露的背，把她一步一步往前挪。邢露想偷看，徐承勋的一双手却把她的眼睛盖得紧紧的，她只看到眼前漆黑一片，不知道他要带她去什么地方。

她抓住徐承勋两个手腕，笑着问："是什么嘛？"

徐承勋没有回答，只是继续把她往前移。周围一片寂静，邢露突然感到害怕，想起他刚刚说的那句话，他问她"你为什么会找上我"，难道他什么都知道了？他要把她怎样？

她一颗心怦怦剧跳起来，试着想要挣脱他那双手，他却把她抓得死死的，仿佛要把她推进一个可怕的深渊里活埋。她慌了，使劲

扯开徐承勋蒙住她眼睛的那双手，指甲狠狠地掐进他的皮肤里，尖
声喊了出来："放开我！"

徐承勋叫了一声，放开了手。

邢露从他手上拼命挣脱出来，头发凌乱，毛衫的帽兜甩到脑后，
在发梢那儿微微颤抖，鼻翼因害怕而向两边张开，那双大眼睛睁得
更大，可是，她发现徐承勋吃惊地凝视着她。

徐承勋被她吓到了。他从没见过邢露这个样子，她看来就像一
只受惊的野猫，全身的毛发倒竖，张大嘴巴露出两颗尖牙朝他咆哮，
想要扑到他身上用利爪抓伤他、啮咬他。

徐承勋搓揉着被邢露弄痛的两个手腕，望向邢露背后说："我
只是想让你看看这个。"

邢露猛然转过头去，看看是什么。

看到眼前的景象时，她怔住了。

原来徐承勋要她看的是画架上的一张画。画里的人物是她。她身上穿着咖啡店的制服白衬衫，系着黑色领带，浅栗色的头发扎起来，站在吧台里，两个手肘支在吧台上。那儿的一个大水瓶里插着一大束红玫瑰。她仿佛冷眼旁观地看着外面的浮华街景，眼神中透出一股漠然和深刻的忧伤。

邢露直直地望着画，好一会儿都没说话。

这幅画多么美啊！

邢露做梦也没想到徐承勋仿佛看到了她的内心。她一直以为自己在他面前隐藏得很好。她总是显示出很快活和一副了无牵挂的样子，经常挤出一张笑脸去掩饰内心的秘密，徐承勋却看出了她的孤单和忧伤。她那双美丽的大眼睛闪着泪光，不知道是因为害怕，还是因为感动。

徐承勋用不解的目光看着她，问她："你刚刚怎么了？"

邢露朝他转过脸来，咬着嘴唇说："我很怕黑的。"

徐承勋笑开了："你为什么不告诉我？"

邢露抿抿嘴唇，说："你会取笑我胆小的呢！"

徐承勋走过来，搂住她，用手背揩抹着她额上的汗水说："不，我会保护你。"

邢露仰脸望着他问："这张画你什么时候画的？"

徐承勋用狡黠的眼神凝视着她说："秘密。"

邢露嗷嗷嘴问："画了多久？为什么我没看见你画呢？"

徐承勋还是狡黠地说："一切秘密进行。"

邢露望着那张画，想起徐承勋这一阵子都有点神神秘秘，好像想在她面前藏起些什么。有一天，她事先没告诉他就跑上来，用他给她的钥匙开门。她一打开门，就发现他好像刚刚鬼鬼祟祟地藏起些什么东西似的。她一直很狐疑，原来，他要藏起来的，是未画完的画，想给她一个惊喜。她错怪了他。

她抬起徐承勋的手，那双手的手腕上还留着清晰的指痕。她内疚地问："还痛吗？"

徐承勋摇摇头，回答说："不痛了！"

徐承勋问她："你喜欢这张画吗？"

邢露喃喃地说："你画得太好了！"

邢露凝视着那张画，画中那个看起来淡漠而无奈的女人是她吗？她觉得好像不认识自己。她改变太多了。她想起她曾经对人生满怀憧憬，她是那么相信自己可以抓住幸福和快乐。她羡慕花团锦簇的日子，羡慕繁华热闹的生活，这一切却在远方嘲笑她。

她仰起脸，望着徐承勋，有一刻，她心想着："他是爱我的。"

chapter

3

幻／灭

红
颜
露
水

1

十一月的一个星期天，阳光明媚的午后，邢露和徐承勋坐船来
到梅窝。徐承勋一个做陶艺的朋友在岛上的祖屋举办作品展。

那幢祖屋位于长沙的山腰下，经过一片农田和一条溪涧，抄小
路就到。房子只有一层高，看来已经很老了，大门的两旁挂着一副
旧的新春对联和一对红灯笼，门槛是木质的。

徐承勋牵着邢露的手走进屋里，他们穿过一个宽阔的中庭时，
几只懒洋洋的老黄狗趴在那儿睡午觉，看到陌生人，头也不抬一下。

许多朋友已经到了，三三两两地挤在一起高谈阔论，其中有一
些是邢露见过的。徐承勋把邢露介绍给女主人，她皮肤黝黑，身材
很高，身上穿一袭白色的宽松裙子，赤着一双脚，眼睛周围长满雀
斑，厚厚的嘴唇笑起来往上翘，一把长发绾成一个髻，耳背上随意
地插着一朵兰花。这是一张奇怪的脸，五官都不漂亮，凑合起来却
充满野性的吸引力。

女主人跟邢露握手，那张性感的嘴巴笑着说："我从没见过徐承
勋带女朋友出来，还以为他是不喜欢女人的呢！原来他要求这么高！"

邢露客气地笑笑。

这位女主人瞥了徐承勋一眼，对邢露说："他是个好男人，要
是你哪天不要他了，通知我一声！他可是很抢手的呀！"

邢露心里想着："这个女人说话很无礼呢！"

不过，邢露还是露出了一张笑脸。

然后，他们走入人群里，跟朋友打招呼，欣赏女主人的作品，
也去看看屋后那个用来烧陶的巨大的土窑。

到了临近黄昏的时候，大家都有一点懒洋洋了，坐到一边吃着
糕点喝着下午茶，有一搭没一搭地聊天。

徐承勋在邢露耳边说："我们出去走走！"

于是，他们悄悄溜了出去。

他们沿着一条小路漫无目的地往山上走。

邢露看了看徐承勋说："主人家好像很喜欢你呢！"

徐承勋笑开了，说："怎么可能？"

邢露说："人家都说得那么明白了，只有你不知道！"

徐承勋说："她闹着玩的。她这个人，性格像男孩子！"

邢露酸溜溜地说："是吗？"

突然之间，她不说话了，默默地走着。她为什么要妒忌呢？妒忌是危险的，就像一段乐章的留白，留白之后，必然是更激扬的感情。

徐承勋握住她的手，紧张地问："你怎么了？我跟她真的什么也没有！"

邢露淡然地笑了，说："你看你，用得着这么认真吗？跟你玩玩罢了！"

不知不觉间，他们爬到了山顶，一幢漂亮的白色英式平房出现在面前。只有一层高的房子，屋顶伸出了一个烟囱，是山上唯一的一座建筑物，房子用白色的木栅栏围了起来，栅栏里种满了花。一条傻头傻脑的黑色鬈毛小狗不知道从哪里跑出来，朝邢露猛摇着尾巴。邢露眯着眼睛笑了。

她停住脚说："奇怪！这里怎么会有一幢房子的呢？"

徐承勋在她身边说："你看！"

邢露转过身去，在这里，可以俯瞰山下一片野树林，辽阔的天际挂着一轮落日。邢露看到了大海和大海那边默然无语的浪花。

她以前向往的是月光下的大宅，铺上大理石的回廊和华丽的水晶吊灯下的繁华缤纷，从来就没羡慕过田园的幽静和树林里的虫鸣。然而，这幢白色平房和眼前的景色让她惊叹。

那只小黑狗朝邢露汪汪地叫。邢露低下头去看它，它撒娇似的趴在她脚背上，水汪汪的黑眼睛抬起来看她。她把它抱了起来。

有一个声音在他们身后响起："它最喜欢缠住美丽的女孩子！"

邢露和徐承勋同时转过脸去，发现一个慈祥的老人站在栅栏里，手上拎着一个浇花用的大水桶，看来是这里的园丁。

徐承勋首先开口问："老伯伯，这里有人住的吗？"

老人回答说："主人一家只有夏天来避暑。这里的山风很凉快！"

老人接着又说："你们要不要进来参观一下？"

邢露和徐承勋对望一笑，几乎同时说："好啊！"

老人领他们经过屋前的花园进屋里去。屋里的陈设很朴素，挑高的天花板垂挂着几个白色的吊扇，地板是木质的，家具全都是藤织的，墙上有一个古老的壁炉。穿过客厅的一排落地玻璃门，来到回廊上，那儿吊着一个藤秋千。他们脚下就是那片山和海。

邢露雀跃地坐到藤秋千里，荡着秋千感叹说："这里好美啊！"

看到邢露那么快乐，徐承勋说："等我将来成了名，我要把这幢平房买下来送给你！我们一块儿住在这里！在这里画画。"

　　邢露抬起脸来，看着徐承勋说："你有没有听过一个穷画家和一幢房子的故事？"

　　徐承勋皱了皱眉，表示他没听过。

　　邢露摩挲着俯伏在她怀中的小黑狗，脚尖踩在地上说："很久很久以前，有一个穷画家。一天，这个穷画家和他的妻子来到一个幽静的小岛，发现了一幢两个人都很喜欢的房子。

　　"那个穷画家跟妻子说：'将来等我成了名，有很多钱，我要把这幢房子买下来，我们就住在这里，一直到老。'

　　"许多年后，这位穷画家真的成名了，赚到了很多钱。他跟妻子住在市中心一间豪华的公寓里，不时忙着应酬。

　　"一天，妻子跟他说：'我们不是说过要把小岛上那幢房子买下来，住在那儿的吗？'画家回答说：'我们现在不是很好吗？谁要住在那个什么都没有的小岛上！'"

　　徐承勋抓住秋千，弯下身去，凝视着邢露说："你为什么不相信我？"

　　邢露说："你真的从来没听过这故事吗？人是会改变的。"

　　徐承勋望着邢露说："我说到就会做到。"

　　邢露茫然的大眼睛越过他的头顶，看到天边一抹橘子色的残云，觉得有些凉意。于是，她把怀里的小狗放走，站起来说："太阳下山了，我们走吧！"

　　离开这幢白色平房时，那条小黑狗在她身后追赶着，邢露并没有回头多看一眼。

2

第二天，邢露生病了。这种痛楚几乎每个月那几天都来折磨她，可这一次却特别严重。从早上开始，她就觉得肚子痉挛，浑身发冷。她蜷缩在被窝里，额上冒出细细的汗珠。

她打了一通电话向咖啡店请假，以为睡一会儿就会好过来。然而，她在床上翻来覆去，小声地呻吟着，那种痛苦愈来愈剧烈。她想起她曾经读过一本书，说狗儿能够闻到血的味道、病人的味道和即将死去的人身上的味道，她终于明白昨天那只鬈毛小黑狗为什么老是追赶着她了。

她虚弱地走下床，想找些药。但是医生上次开给她的药已经吃完了。她走到明真的房间，想请她带她去看医生。床上没有人，邢露看看床头的那个钟，原来已经是午后一点钟，明真上班去了。

她本来想换件衣服去看医生，可是，想到要走下三层楼的楼梯，回来的时候又要爬上三层楼的楼梯，根本不可能做得到。

她回到床上，忍受着子宫的抽痛，蜷曲着两条腿，在被窝里有如受伤小动物般发着抖。模模糊糊的时候，床边的电话响起铃声，她伸手去抓起话筒，说了一声：

"喂——"

"你怎么了？没去上班吗？"是徐承勋的声音。

邢露回答说："我……不……舒……服……"

徐承勋紧张地问："你哪里不舒服？严重吗？"

邢露发哑的声音说："我睡一会儿就好。"

徐承勋说："我过来带你去看医生！"

邢露昏昏沉沉地说："不……用……了。"

然而，十几分钟之后，门铃响了。

邢露从枕头上转过脸来。她脸庞周围的头发湿了，身上穿一袭
白色的睡裙，汗湿了的裙子黏着背。她颤抖着坐起来，双手摸着脸，
心里想着："不能让他看到我这个样子，他会不爱我的！"

她想擦点口红，可是，她已经一点儿气力也没有了。

门铃又在催促着。她趿着床边的一双粉红色毛拖鞋，扶着墙壁缓缓走去开门。门一打开，她看到徐承勋站在那儿，上气不接下气的，一张脸变得通红，一定是一口气从楼下奔跑上来的。

徐承勋扶着她，问她："你怎么了？"

她怪他说："不是叫你不要来吗？只是痛经罢了，躺一会儿就没事了。"

她有气无力地回到床上，徐承勋坐到床边，抚抚她的双手，给那双冰冷的手吓了一跳。她披散着头发，软瘫在那儿。怕他看到她苍白的脸，她背朝着他蜷曲着身体。他看到她白色睡裙后面染了一摊血迹。

他吃惊地叫道："你流血了！"

邢露摸摸裙子后面，果然湿了一大片。她尴尬地扭转过身来，拉上被子生气地吼道："走呀，你走呀！"

徐承勋冲出房间，在浴室的镜柜里找到一包卫生棉。他拿着那包卫生棉跑回来，走到床边，掀开她盖在身上的被子，温柔地把她扶起来，说："快点换衣服，我带你去看医生。你用的是不是这个？"

她看到他手里拿着卫生棉，心里突然觉得有说不出的难过。

"你的衣服放在哪里？我替你拿！"他说。

她看了一眼床边的衣柜。徐承勋连忙走过去打开衣柜，随手挑出一件大衣和一条裙子，放在床边，对她说："我在外面等你。

邢露虚弱地点了点头。徐承勋走出去，带上了门。

邢露禁不住用那条手帕掩着嘴巴啜泣起来。

随后她抹干眼泪，换上了干净的内衣裤和他挑的裙子与大衣，趿着拖鞋蹒跚地走出房间找鞋子。

徐承勋抓住她的手说："别找了，我背你下去。"

邢露说："我自己可以走路！"

徐承勋弯下腰去，命令道："快爬上来！"

邢露只好爬到他背上。

徐承勋背着她走下楼梯，她头倚在他背上，迷迷糊糊地呻吟着。

徐承勋问："很痛吗？"

邢露咬着唇摇了摇头。

两个人终于抵达医院。医生给邢露开了止痛药。

徐承勋倒了一杯温水给她，看着她把药吞下去，像哄孩子似的说：
"吃了药就不痛了。"

邢露抬起依然苍白的脸问他："我现在是不是很难看？"

徐承勋摩挲着她的头发说："你最漂亮了！"

回去的时候，他背着她爬上楼梯。

邢露说："我自己可以走。"

徐承勋说："不，你还很虚弱。"

邢露在他背上喃喃地说："不过是痛经罢了！看你紧张成这个样子！"

爬上那条昏黄的楼梯时，他问："这种痛有办法医好吗？"

邢露回答说："医生说，生过孩子就不会再痛了。"

徐承勋说："那么，我们生一个孩子吧！"

她凝视着他的侧脸，低声说："疯了呀你！"

徐承勋认真地说："只要你愿意。"

邢露没回答他。她心里想着："这是不可能的。"

徐承勋说："以后有什么不舒服，一定要告诉我！今天要不是我打电话过来，你也不说。"

邢露说："你说今天要去见一个画商，我不想让你担心啊！对了，他看了你的画怎么说？"

徐承勋雀跃地回答："我带了几张画去，他很喜欢，他说很有把握可以卖出去，还要我把以后的作品都交给他卖。他在行内名气很大的呀！"

邢露脸抵住他的肩膀说："那不是很好吗？"

"说不定我们很快就有钱把山上那幢平房买下来了。"徐承勋把她背紧了一些说。

邢露双手搂住他的脖子，一句话也没说。

3

那天夜晚，邢露起床吃第三次药，那种折磨她的痛楚已经渐渐
消退，徐承勋也听她的话回家去了。

她用枕头撑起身子，弓起两个膝盖坐在床上，拉开床边一个上
了锁的抽屉，那儿放着一个文件袋。她从文件袋里拿出一张已经发
黄的旧报纸来。

有时候她会想："我现在做的是什么呀？"

跟杨振民分手之后，她转到了中环置地广场另一家高级服饰店
上班。那儿只是另一个浮华世界，可她已经不一样了。以前爱看的
那些小说，如今她全都不看了。她悔恨委身于他，却发觉自己对他
再没有感觉。也许是心中的柴薪已经燃烧殆尽，化为飞灰了。

现在，她想要许多许多的钱，那是生命中唯一值得追寻的事物，
也是唯一可以相信的。然后，她会离开这个使她绝望和痛苦的地方，
跑到遥远的他乡，在那儿，没有人认识她。

于是，邢露拼命工作，没多久之后就升职了。后来，她为了多

赚一点钱，转到一家珠宝店上班。然而，就在这时，父亲却雄心壮志起来，跟一个朋友合伙做小买卖，结果却亏了本，欠了一屁股的债，邢露得把她咬着牙辛苦存在银行里的钱拿出来替他还债。

邢露对这个她曾经崇拜也爱过的男人突然感到说不出的厌恶。那天，她回到家里，把钱扔在饭桌上，恨恨地朝他吼道："你为什么要这样对我？！"

要是父亲骂她，她也许还会高兴些，可他却一言不发，走过去捡起那些钱。现实已经彻底把他打垮了。

邢露心里骂道："真是窝囊！真是窝囊！"

邢露不再跟父亲说话了。

一天，她无意中在报纸上一个不起眼的位置，看到一则奇怪的广告。

广告上这么写着：
一位富有而孤独的老夫人，想找一位年轻人陪她环游世界。酬劳优厚，应征者只限女性。相貌端正，中英文良好。

广告上只有一个邮政信箱的号码。

这则广告出现的时候，邢露正对自己的人生感到绝望。因此，她把相片和履历寄了出去。

4

第二天醒过来后，邢露身上仍然穿着睡裙。她推开窗户，清晨的街道空荡荡的，只有一排瘦树的枝丫在风中摇曳。她仰望着天上的云彩，一片澄蓝的颜色映入她那双清亮的大眼睛。

她不由得微笑了，沉浸在一种新的喜悦之中。

她踢掉脚上那双蓬蓬松松的粉红色毛拖鞋，在衣柜里挑了喜欢的衣服穿上，回头却又把那双拖鞋摆齐在床边。这双拖鞋昨天唯一踩过的只是医院急诊室的白色地板。

随后她离开公寓，在那位老姑娘的花店买了一大束新鲜的玫瑰花。

老姑娘说："你今天的脸色很好啊！平常有点苍白呢！"

邢露带着一个甜美的浅笑说："你也很好看呀！"

她付了钱，老姑娘另外送了她一束满天星。她微笑着走出花店，抬起头的时候突然发现那个光头的矮小男人。他就站在对面人行道

的一块路牌旁边，身上穿一套寒酸的西装和大衣，头戴便帽，口里
叼着一根烟，怀里揣着一份报纸。看到她时，他转过身去背对着她，
打开手上那份报纸，装着在看。

邢露已经发现他许多次了，他一直在监视她的一举一动。但是，
这一刻，她突然觉得忍无可忍了，她朝他冲过去。那个男人用眼角
的余光看到她时，急急地往前走。她不肯罢休，追上去拦在他面前，
生气地问："你为什么老是跟着我？"

那人逼不得已停下了脚步。他约莫四十岁，藏在粗黑框眼镜后
面的那双锐利的小眼睛看起来充满忧愁，给人一种深藏不露的感觉。

他看了邢露一眼，歉意地说："邢小姐，早！"

邢露没领情，有点激动地说："你干吗成天监视着我？"

男人眯缝着眼，很有礼貌地说："我是来协助你的，不是监视。"

邢露瞅了他一眼，悻悻地说："我自己可以搞定！"
男人没回答，露出一副不置可否的神情，接着他说："他对你

挺好啊！"

邢露吃惊地想："原来昨天他也跟着我！"

她冷冷地说："这不关你的事！"

男人恭敬地说："邢小姐，我们都有自己的职责。"

邢露一时无话。

男人又开口说："我得提醒你，你的时间不多了。"

说完这句话，男人嘴角露出一个似笑非笑的神情，走开了。

邢露茫然地站在那儿，看着那个矮小的背影消失在拐角。街上的人渐渐多了，天空更澄澈，她的心情却骤然变了。

这个男人的出现，就像给了她当头一棒似的，提醒了她，她并不是一个恋爱中的女人。

5

一个星期四的晚上，徐承勋说好了会来咖啡店接她下班，然后一起去看电影。然而，等到咖啡店打烊了，他还没出现。

邢露走出去，在玻璃门上挂上一块"休息"的告示牌，却发现徐承勋就在咖啡店外面，双手插在裤子的口袋里，神情有点落寞。

邢露惊讶地问："你为什么不进去？"

徐承勋看到了她，抬起头，沮丧地说："那个画商把我的画全都退回来了。"

邢露又问："他不是说很喜欢你的画吗？"

徐承勋回答说："他说找不到买家。"

邢露气恼地说："这怎么可能？你的画画得那么好！"

徐承勋苦笑着说："没关系，反正他也不是第一个拒绝我的！他说了很多抱歉的话，弄得我都有点儿不好意思了。"

邢露愤恨地说："那些人到底懂不懂得！"

看到邢露那么激动，徐承勋反倒咧嘴笑了。他耸耸肩，一副不在乎的样子，潇洒地说："我还可以拿去给别的画商，总会有人懂得欣赏的！我们走吧！去看电影！去庆祝！"

邢露瞪大眼睛看着他问："庆祝什么？"

徐承勋脸上露出一个迷人的微笑说："庆祝我们仍然活得好好的！庆祝我们在一起！庆祝我会继续画画！我是不会放弃的。"

那天以后，他把作品分别送给了几个画商，送去之后就没有了任何下文。随后那些画跟几封信一起，陆续被退回来了。

徐先生：

不要气馁。自古以来，艺术家往往比他身处的时代走得快一些。诚心祝福你找到更有眼光的画商。

艺轩　总经理

顾明光　敬上

亲爱的徐先生：

感谢你的信任，把大作送来敝店。敝店私下做过一些推广活动，惜反应未如理想。

此事万分抱歉。

艺星轩　总经理

白约翰　敬上

徐先生：

敝店无能，大作奉还。

云丰轩　总经理

鲁光　敬上

徐承勋把所有的信全都收集在书柜里。他对邢露开玩笑说："将来我成了名，这些信全都会变得很有纪念意义啊！"

邢露那双美丽的大眼睛惊讶地看着这个男人。他完全出乎她意料之外，永远那么快活，任何的挫败仿佛都没法把他打垮，只能让他眉头轻皱一下。

她咬着牙说:"这些人太没眼光了!"

徐承勋豁达地笑笑说:"即使这些人全都不买我的画,我还可以拿到街上去,摆个摊子卖画,也挺好玩啊!放心吧!我不会饿死的!"

邢露难过地看着他,徐承勋倒过来安慰她说:"只要穷的时候,你不介意跟我一起吃面包,我已经很满足了。"

邢露笑着问:"是火腿鸡蛋面包呢,还是白面包?"

徐承勋微笑着回答:"开始的时候应该还可以吃到火腿鸡蛋面包,然后也许要吃白面包了!"

邢露仰起脸看他,皱了皱眉头,说:"那么,不如先从排骨面开始吧!"

徐承勋咯咯地笑了。他把她搂入怀里,说:"我不会让你挨饿的。

你身体不好，以后要多吃点东西。"

　　邢露的脸抵住徐承勋的肩膀，那双乌亮的眼睛若有所思地凝视着窗外茫茫的黑夜。那个光头矮小的男人的脸仿佛突然出现在远方。

6

往后真是一段穷困的日子。画商们都不爱他的画，只有徐承勋
的朋友偶然像接济似的买下他一两张画。住在梅窝的那个女陶艺家
就一口气买了三张，还笑着说：

"等你成了名，这些画可都是无价之宝啊！"

可他这些朋友的生活只是比他稍微好一些，不可能经常买他的
画，况且，买得多了，也许会给他识穿。

徐承勋渐渐连那间小公寓的租金都负担不起了。房东姚阿姨从
前是脱衣舞娘，在附近这一带拥有好几间出租公寓，听说还拥有一
家桌球室的股份。

那天来收租的时候，她说看徐承勋穷成这个样子，钱不要了，
就用一张画抵偿欠租，问他愿不愿意。徐承勋欣然答应，她就拿走
了一张画，还拍拍胸口说："你就一直住到成名吧！"

原来，姚阿姨以前的一个情人是个潦倒的荷兰画家，所以她特
别同情画家，那种同情是对昔日那段爱情最诗意的缅怀。
姚阿姨很爱吃邢露做的小菜。有一次，她来串门子时，两口子

刚好在吃饭，姚阿姨老实不客气，坐了下来一块儿吃，一边吃一边竖起大拇指赞好。自此以后，她就像吃过腥的猫儿似的，在楼下看到屋里有灯，就动作敏捷地蹿上楼。要是邢露刚巧在做饭，她嘴里说自己只是经过，顺道来看看，却又一屁股坐下来，吃得像个食人族似的。

这天，三个人一起在窄小的公寓里吃饭时，姚阿姨一脸认真地对徐承勋说："要是你敢欺负邢露，我决不会放过你！"

徐承勋看了邢露一眼，顽皮地说："要是她欺负我呢？"

姚阿姨挑了挑那两道文上去的柳叶眉说："我最会看人了！邢露这么好的女孩子，怎会欺负人？只有别人欺负她！"

邢露嘴边挂着一个微笑，心里却想："这个女人真是糊涂！"

姚阿姨接着又说："等到哪天你们请吃喜酒，我要把荷兰佬以前替我画的那张裸体画送给你们作贺礼！"

邢露瞪了瞪眼睛，心里想着："天啊！这个女人真爱胡说八道！"

徐承勋禁不住笑了出来。

姚阿姨涨红了脸。"你们别笑，我以前的身材迷死人了！"她擦了擦那双周围布满皱纹的湿润的凤眼，有点激动，肥甸甸的乳房震颤起来，哽咽着说，"我无儿无女，将来死了也不知道留给谁！那张画可是艺术品呢！也许还能卖个钱！"

邢露静静地望着这个身上的肥肉像发酵似的过气脱衣舞娘，心里想着："我永远也不要像她这么老！"

"姚阿姨，你还年轻得很呢！"徐承勋安慰她说。

随后姚阿姨走了，两个人就在公寓里喝着咖啡吃几片苦巧克力。

徐承勋伸手过去摸摸邢露的额头问："你怎么了？今天晚上很少说话，是不是累了？"

邢露轻轻抓住他放在她额头上的那只手，抿嘴笑笑说："只要还有苦巧克力，我就很好！"

徐承勋怜惜地说：“你总是吃不胖！”

邢露噘噘嘴说：“我才不要胖得像姚阿姨那样！”

徐承勋说：“她一个人孤苦伶仃，挺可怜的！”

邢露不以为然地说：“她才不可怜！你别再让她拿你的画作房租了，那是赔本生意啊！那些画我肯定她一转手就能卖贵很多！”

徐承勋突然指着邢露背后，压低声音紧张地说：“嘘！姚阿姨来了！”

邢露不期然扭过头去看，背后什么也没有。

她一边把头转回来一边咕哝：“你干吗骗我？”

徐承勋没回答，脸上露出奇怪的神情。

邢露问：“你干吗古古怪怪的？”

就在说这句话的当儿，她发现她的咖啡杯旁边不知道什么时候搁着一个红丝绒盒子，打了开来，黑丝绒的衬里上，静静地躺着一枚胖胖小小的玫瑰金戒指，圆鼓鼓的戒面上头，镶着一颗约莫五十分的钻石。

这枚戒指是邢露在那家古董珠宝店的橱窗里见过的，她觉得它像一颗甜蜜的玫瑰花糖，也像一声叹息，她喜欢它简约的法式设计和古老的意境。她也曾想象它上一位主人是个落难贵族，逼不得已只好把它从无名指上摘下来换件御寒的冬衣继续上路。

邢露望着戒指，惊呆了，好一会儿都没说话。

徐承勋说："每次到那儿看电影，你都会去看看这枚戒指。我想你一定很喜欢，所以买来了。"

邢露有如做梦般仰起脸来凝视他，心里想着："为什么会这样呢？为什么会这样呢？"

她咬着嘴唇，问他："你哪儿来钱买？"

徐承勋笑笑说："我卖了一张画。"

邢露问："卖给谁？"

徐承勋回答说："就是姚阿姨啊！"

邢露狐疑地问："哪一张？"

她说完，转过头去看了一眼画室那边的画。突然之间，她想起来了，怪不得这几天她总觉得似乎少了一张画。

她缓缓回过头来，吃惊地说："你卖了那张泰晤士河畔？卖了多少钱？"

徐承勋笑着回答："刚好够买这枚戒指！"

邢露心痛地说："她占了你便宜啊！那张画画得那么好，不只值这个价钱！况且你根本没钱！为什么还要买呢？"

徐承勋伸手过去温柔地握住她的手，望着她说："因为你喜欢！"

邢露止住话，身体颤抖起来。

她凝视着徐承勋，想起她曾经追寻的爱情是怎么背叛她的，她曾经向往的温馨又是怎么嘲笑她。这一刻，她死心过的幸福，在她没有去要的时候，却又飞舞着回来，用尖尖的鸟喙在她那有如死灰的心里翻出了一朵尚未熄灭的蓝焰。

她那双悲伤的大眼睛望着面前这个男人，他是那么想让她快乐，但她是不值得的！

她眼睛一热，倏地从椅子上站起来，颤着声音说："我不要！你拿回去吧！"

徐承勋仰头望着她，惊愕地问："你怎么了？你不喜欢吗？"

邢露看着他，脸上凝固着一种让他猜不透的神情，回答说："是的，我不喜欢。"

徐承勋百思不解地望着她，拿起桌上的那个红丝绒盒子说："我以为你喜欢……"

没等他把话说完，邢露突然抓起了搁在门后面的大衣和皮包，冲出了那间屋子，奔跑到街上去。

她踉跄着脚步，一边走一边啜泣起来，心里悲叹着："他是爱我的！"

这时，一只手从后面抓住她一条手臂，她猛然扭过头去，看到了徐承勋。他迷惑地望着她说："我是不是做了什么让你生气？"

她含着泪凝视他，心里说着："……趁着我还有良知……"

徐承勋问她："你到底怎么了？"

她断然说："我们分手吧！"

徐承勋愣住了。他问："为什么？"

邢露咬住嘴唇说："我并没有你想的那么好！"

徐承勋摇摇头说："怎么会呢？"

邢露抬手掰开他的手，歇斯底里地吼道："你走吧！我是不值得你爱的！不要再来找我！我是不会再见你的！我们分手吧！"

徐承勋吃惊地问她："发生什么事了？告诉我吧！"

邢露激动地抽泣着，想把一切都告诉他，可是，她仿佛看到那个矮小男人正躲在远处阴暗的角落里监视她。她终究开不了口。

她流泪的眼睛看着他说："总有一天，你不会再爱我！"

徐承勋松了一口气，这才明白她担心的原来是这个。他紧紧地把她抱入怀里说：
"我会永远爱你。"

而后，他把那个装着戒指的红丝绒盒子放到她手里，说："送给你的东西，我是不会收回的。"

邢露的眼泪扑簌簌地涌出米，搂着他，心里叹息说："为什么会变成这样呢？这是命运啊！"

7

后来，有一天夜晚，邢露在咖啡店外面碰到姚阿姨，她正带着一个瘦小的男人和一个更瘦小的孕妇去看房子。

一见到邢露，姚阿姨就很热情地拉着她，扯大嗓门说："真巧呀！刚刚下班吗？"

根本没等邢露回答，姚阿姨就自顾自说下去。她告诉邢露，那一男一女是小夫妻，太太已经有了五个月的身孕，经朋友介绍来看她在街角的一间出租公寓。他们是在附近上班的，一个是秘书，一个是文员。那对畏畏缩缩的夫妻就像两只呆鹅似的站在一旁，很无奈地等着。

邢露想找个办法摆脱她。突然之间，她想起了一件事。她问姚阿姨："你是不是买了徐承勋那张泰晤士河畔？"

姚阿姨一头雾水地回答："什么泰晤士河畔？"

邢露心里快快地说："她买了那张画，却不知道是泰晤士河！"

邢露告诉她："那张画画的是英国泰晤士河的黄昏景色。"

姚阿姨回答："我没有买过他的画啊！"

邢露生气地想："他为什么要说谎呢？"

姚阿姨突然"哎"的一声叫了出来，说："他说我买了那张画？我知道是谁买了！"邢露问："是谁？"

姚阿姨继续说："我不知道是谁……"

邢露说："你不是说你知道的吗？"

姚阿姨又继续说："我的意思是我知道他把那些画拿到什么地方去了……我前几天碰到他……他要我别告诉你……你千万别说是我说的……"

邢露狐疑地问："你在哪儿碰到他？"

姚阿姨回答："不就是弥敦道吗……那天我去探几个旧姐妹，

看到他在那儿摆地摊卖画……看的人多，买的人少……可不是人人都懂得欣赏的呀……而且天气又这么冷……挺可怜的……"

邢露颤抖了一下。

姚阿姨凑近她问："你怎么了？"

邢露说："没什么，只是觉得有点冷。"

姚阿姨同情地补了一句："你见到他……别说是我说的……他是怕你不喜欢……"

邢露点了点头。

姚阿姨终于带着那对呆呆地等了很久的小夫妻走了，一老两少的身影消失在街角的暗影里。

原来徐承勋偷偷瞒着她去摆地摊。邢露心里想："买戒指的钱是从那里赚回来的！他打算什么时候才告诉我呢？"

．

第二天夜晚,邢露来到弥敦道的地摊上,发现徐承勋果然在那儿。

她吃惊地躲在老远看他。徐承勋身上穿着她织的那件羊毛衫和
围巾,地上搁一盏油灯,十几张画摆在那家已经关门的银行的台阶上。
他一边卖画一边在画板上画画。天气严寒,行人都缩着脖子匆匆路过,
只有几个好奇的游客偶尔停下来看看。

这时,起了一阵风,呼啸而过,更显得他高大的个儿衣衫单薄,
他连一件大衣都没有,双脚在地上磨蹭着取暖,看上去那么寒碜,
却又那么快活,脸上一直挂着微笑,口里还哼着歌,仿佛眼下这种
生活并没有什么大不了的。

邢露想起他曾经戏言说:"即使他们都不买我的画……我还可
以去摆摊子……"

她没料到徐承勋真的会这么做。

她静静地来到他面前。徐承勋看到她时,脸上露出惊讶又歉意
的神情。

他试探着问："是姚阿姨告诉你的？"

邢露抿着嘴唇说："那张画你说卖给了她。"

徐承勋咧嘴笑笑说："是一个英国游客买走了，那个人是在博物馆工作的，他懂画！"

邢露说："这里一张画能卖多少钱呢？买不到一枚戒指。"

徐承勋雀跃地说："他一口气买了三张。今天天气不好，天气好的时候，生意挺不错的！"

邢露板着脸问他："为什么不告诉我？"

徐承勋深情地望着她说："我不想让你担心。"

邢露仰起脸来，那双又黑又大的眼睛凝望着徐承勋，带着几分苍凉，也带着几分失望，眼前这个男人已经沦落到这个地步了，永远也成不了名。

徐承勋摩挲着她冰凉的一双小手，轻轻说："回家去吧！这里的风很凉。"

邢露知道，自己再也不会留在他身边了。

8

第二天一整天，家里的电话不停地响。邢露坐在客厅的椅子上，静静地翻阅着一本流行时装杂志，对铃声充耳不闻。她知道是徐承勋打来的。他一定已经发现她没去咖啡店上班了。

到了傍晚，铃声终于停止了。明真下班回来，一打开灯，发现邢露一个人坐在黑漆漆的客厅里，苍白的脸上什么表情也没有。

明真"哇"的一声叫了出来，问邢露："为什么不开灯？你吓死我了！他现在就在楼下！"

邢露抬起头来问明真："你怎么说？"

明真把带回来的几本杂志放在桌子上，说："我说你今天一大早出了门，只说去旅行，三天后回来，没说要去哪里。"

邢露说："谢谢你。"

随后她拿起那几本杂志翻阅，说："这是买给我的吗？"明真回答："嗯，你看看是不是你要的那几本？你和他怎么了……他刚才的样子很紧张呢！"

明真说着走到窗子那边，从窗帘缝往下面看了一会儿，喃喃地说：
"好像已经走了。"

邢露冷冷地问："他还说了什么？"

明真坐下来说：
"他问我你为什么会辞职。你辞职了吗？"

邢露点点头，又问："那你怎么说？"

明真双手托着头说："我说我不知道。我真的不知道嘛！你们
是不是吵架了？他对你挺好的呀！我还以为你很喜欢他！他长得那
么帅，你们很相配啊！有好几次我在楼下碰见他刚刚送你回来，脸
上一直挂着微笑，甜得像块糖似的。说真的，那时候我还担心你会
搬过去跟他住呢！"

邢露的眼睛一动不动地看着杂志，什么也没说。

随后的三天，徐承勋的电话没有再打来了。到了第四天大清早，家里的电话铃声又响个不停，邢露依然好像没听见似的，坐在客厅的椅子上，安静地读着手里的一本书。那是一本惊悚小说。

一直到了夜晚。邢露站起来，放下手里的书，换过一身衣服，对着镜子擦上口红，走到楼下，拦下一辆计程车。

车子开动了，她背靠在车厢的椅子里，脸上的神情冷若冰霜。

后来，车子停在徐承勋的公寓外面。邢露下了车，仰头看了一眼，十楼那扇熟悉的窗户亮着昏黄的灯。她咬着牙，走了进去。

上了楼，邢露用钥匙开了门。门一推开，她看见徐承勋站在画室里，正看向门的这一边。他憔悴极了，脸上的胡子都没刮。

看到邢露时，徐承勋与其说是抱她，不如说是扑过去。他叫道："你去了哪里？为什么一声不响去旅行？我很担心你！"

邢露站着不动，说："我什么地方都没去。"

徐承勋吃惊地说："但是，明真说你……"

邢露回答："是我要她这么说的"

徐承勋不解地问：
"为什么？"

邢露从他的怀抱中挣脱出来，直直地望着他，抿着嘴唇说："我
不想见你。"

徐承勋怔住了，久久地说不出话来。

"我是来拿回我的东西的！"邢露说完，径自走进睡房里，打
开衣柜，把她留在这里的几件衣服塞进一个纸袋里。

徐承勋急得把她手里的纸袋抢了过来，说："你是不是气我对
你撒谎？你不喜欢我摆摊子，我以后不去就是了！"

邢露把纸袋抢回来，看了他一眼说："你连吃饭交房租的钱都
没有了，不摆摊子行吗？"

徐承勋说："你不喜欢我就不去！"

邢露瞪着他说："你别那么天真好不好！你以为生活是什么？现实点吧！"

她叹了一口气说："反正你以后做什么都不关我的事！"

她"砰"的一声把衣柜门摔上，冷漠地对他说："我们分手吧！"

徐承勋惊呆了，急切地问道："为什么？我们好端端的，为什么要分手？你到底怎么了？我不明白！"

邢露回答说："我们合不来的！不要再浪费时间了！"

她说完，拎着那个纸袋走出睡房。徐承勋追出来，拉住她的手臂，近乎恳求地叫道："不要走！求你不要走！我做错了什么，你告诉我吧！"

邢露拽开他的手说："你放开我！我们完了！"

徐承勋没放手。他使劲地搂着她，泪水在眼眶里滚动，说："你知道我是爱你的，我什么都可以为你做！我不能没有你！不要离开我！"

邢露凝视着他，即使在生活最困难、最潦倒的日子，她也从没见过他像今天这么软弱。他的眼睛又红又肿，已经几天没睡了，那张曾经无忧无虑的脸给痛苦打败了。她鼻子发酸，带着悲哀的声音说："你根本不认识我！我们要的东西不一样！"

他感到她软化了，带着一丝希望哀求她说："我们再尝试好不好？"

她突然发现，徐承勋根本就不明白她在说什么。

"不要离开我！"他把她抱入怀里，濡湿的脸摩挲着她的头发，想要吻她。

邢露别过脸去，终于说：
"你给我一点时间吧！"

徐承勋仿佛看到了一丝希望的曙光，他搂着她说："今天晚上留下来吧！"

"不！"邢露说，她从他怀里挣开来，"让我一个人静一静吧。我会找你的。"

她的态度是那么坚决，以致他不敢再说话了，深深害怕自己纠缠下去会让她改变主意。

邢露走了出去，没回头看他一眼。

她从公寓出来，瞥见那个秃头矮小的男人躲在拐角的暗影下，她直挺挺地朝他走过去。经过那个人身边的时候，她没抬起眼睛看他。

9

随后的三个星期，家里的电话每天都响，全都是徐承勋打来的。
邢露总是由着它响。明真在家的话，就叫明真接电话，说她出去了。
只有几次，邢露亲自拿起话筒听听他说什么。

徐承勋变得像只可怜的小狗似的向她摇尾乞怜，结结巴巴地说
很想念她，很想见她。每一次，邢露都用一种没有感情的声音拒绝了。

这个被悲伤打垮了的男人根本不知道发生了什么事。他有时哀
求她回来，有时试探她最近做什么，是不是爱上了别人，有时好像
死心了，第二天却又若无其事地打来，希望事情会有转机。他有好
几次喝得醉醺醺的，半夜三更打来电话倾诉对她的爱。

于是，邢露不再接那些午夜的来电了。

一天晚上，徐承勋在公寓楼下打电话来，软弱地问邢露他可不
可以上来见她。邢露回答说："要是你这么做，我连考虑都不会再
考虑！"说完之后，她挂了电话。

半夜里，她被一场雨吵醒。她下了床，从窗帘缝朝外面看，发

现一个人站在对面灰蒙蒙的人行道上,被雨打得浑身湿透。他还没走,
她看不见他的脸,看到的是那个身影的卑微和痛苦。

她对他的折磨已经到了尽头。

那场雨直到第二天夜晚才停了。徐承勋还没有走。她知道,看
不见她,他是不会走的。

邢露拿起话筒,拨了一个号码说:"八点钟来接我。"

七点二十分的时候,邢露坐到梳妆台前面开始化妆。化完妆,
她穿上花边胸衣和一袭胸口开得很低的黑色连身裙,在胸前洒上浓
浓的香水。

八点二十分,她关掉屋里的灯,披了一袭红色的大衣,穿上一
双黑色高跟鞋走出去。

她从公寓里出来,那部火红色的跑车已经停在路边等她了。她
脸上露出妩媚的笑容,车上的一个男人连忙走下车。他是个高个儿,
有一张迷人的脸,身上穿着讲究的西装,笑起来的时候有点像女孩子。

他走过来替邢露打开车门，一只手亲昵地搭在她背上。

邢露上了车，她眼角的余光看到了徐承勋躲在对面人行道的一棵瘦树后面盯着这边看。

车子不徐不疾地往半山驶去，邢露不时靠过去，把头倚在那个男人宽阔的肩膀上，热情地勾住他的手臂。

随后车子驶进半山一幢豪华公寓的停车场。邢露和男人下了车，他搂着她的腰，两个人边走边说笑，乘电梯上了二十楼。

那是一间装潢漂亮的四房公寓，可以俯瞰整个维多利亚港的夜景。两个人进了屋里之后，邢露脸上妩媚的神情消失了。她从皮包里掏出一沓钞票递给那个男人，没有表情地说："这是你的。"她瞄了一眼其中一个房间。"今天晚上你可以睡在那儿，明天早上，等我走了之后，你才可以走。"

男人收下钱，恭敬地说："知道了。谢谢你，邢小姐。"

邢露走进宽敞的主人房，带上了门。她没开灯，和衣靠在床上，

一动不动地坐着。房间里有一排落地窗户，她看到了远处高楼大厦
五光十色的夜灯。她从小就向往住在这样的屋子里，睡在这种铺上
丝绸床罩的公主床上，以为这样的夜晚一定会睡得很甜。

可是，这天晚上，她没法睡。她知道明天以后，一切都会改变。

第二天，早上的阳光照进屋里来，炫得她眼睛很倦。邢露看看
手表，已经十点半了。她慢慢离开了床，坐到梳妆台前面，亮起了
那面椭圆形的镜子周围的灯泡，拿起一把刷子开始梳头发。

十一点钟，邢露从公寓出来，脸上一副慵懒的神情，披垂的长发，
发梢上还荡着水珠。

徐承勋就站在公寓的台阶上。邢露已经三个星期没见过他了，
他消瘦了，憔悴了，脸色白得像纸，一双眼睛布满了血丝，头发乱
蓬蓬的，胡子没刮，身上穿着她织的羊毛衫。这件羊毛衫前天被大
雨淋湿过，昨天又被风吹干了，今天已经变了样。

看到他，邢露吃了一惊，问他："你为什么会在这里？"

这个可怜的男人甚至不敢骂她。他哆嗦着嘴唇，试着问："他是谁？你们……昨天晚上在一起吗？"

邢露那双无情的大眼睛看着他，回答："是的！"

这句话好像有人宣判了他的死刑。徐承勋痛苦地问道："是什么时候开始的？"

邢露冷冷地说："这你不用知道！"徐承勋红着眼睛说："我到底做错了什么？为什么会变成这样？"

他觉得眼前这个女人是他不认识的，她变得太厉害了。

邢露激动地说："你没做错！我已经告诉过你，我们想要的东西不一样！我二十三岁了，我不想再等！女人的青春是有限的呀！你以为贫穷是一个光环吗？你以为艺术是可以当饭吃的吗？我不想下半辈子跟一个穷画家在一起！有些女人也许会愿意，但不是我！你那些画根本没人想买！没有人买的画就是垃圾！"

徐承勋呆住了，他吃惊地望着她，说："我一直以为你欣赏……"

邢露打断他的话，冷酷的黑色眸子望着他说："你以为我欣赏你那些画吗？有几张的确是画得不错的！但那又有什么用？你以为现在还是以物易物的社会吗？你可以一直拿那些画去换饭吃、换屋住吗？你这个人根本就不切实际！我跟你不一样！我已经穷怕了！我不想再穷下去了！"

"你认识我的时候，我已经是这样了！"他说。

"我尝试过了！但我做不到！我不想等到人老珠黄的时候才后悔，你可以一直画画，画到八十岁，但是我不想一直到死都住在那间破房子里！你到底明不明白？"

徐承勋震惊地说："我没想到你是这种人！"

邢露瞪着他说："徐承勋，我本来就是这样，只是你不了解我！"

突然间，他脸上的软弱不见了。她撕碎了他一颗心，把他的自尊踩得稀巴烂。然而，正因为如此，他反而清醒了。

他那双愤恨的眼睛看着她，好像正要抬起手狠狠地扇她一记耳光或者扑上去揍她几拳。

邢露害怕了，紧紧咬着嘴唇，仰脸瞧着他。

徐承勋静静地说："邢露，你长得很美丽，尤其是你的眼睛，我从没见过这么亮这么深邃的一双眼睛，但是，你的内心却那么暗，那么浅薄！"他轻蔑地看了她一眼。

邢露那双倔强的大眼睛瞪着他，傲慢地说："你尽管侮辱我吧！徐承勋！我们已经完了！"

她伸手拦下一辆计程车，头也没回，飞快地上了车。

车子离开了半山，离开了背后那个身影，邢露头倚在车窗上，大颗泪珠从她的眼里滚下来。她知道自己回不去了。

10

三天之后的一个清晨，一辆计程车把邢露送来石澳道一幢临海的古老大宅。屋前的台阶上，站着一个身穿灰布长衫、身材瘦削的老妇人。这人头发花白，腰背挺得直直的，布满皱纹的脸上有一种充满威严和傲慢的神情。两个身穿制服的女仆恭敬地站在她背后。

看见邢露踏上台阶时，老妇人面无表情地对她说："徐夫人在里面等你。"

邢露抿着嘴唇点了点头，随那老妇人进屋里去。走在前面的老妇人昂起了头，脚上那双平底黑色皮鞋踩在地板上，不时回响着轻微的声音。邢露仰脸看了一眼屋里的一切，她还是头一次来这里。这幢大宅突然使她感到自己的渺小，就像一片叶子掉进深不见底的湖里。

老妇人带她来到书房。门开了，邢露看到一个穿着翠绿色旗袍的窈窕身影背朝着她，站在临海的一排窗户前面。

老妇人对那身影毕恭毕敬，用充满感情的声音说："夫人，邢小姐来了。"

那身影做了个手势，示意老妇人离开。老妇人轻轻退了出去，把门带上，留下邢露一个人。

那个身影这时缓缓转过来，仿佛她刚才正陷入沉思之中。

徐夫人已经五十岁开外，不过保养得宜，外表比实际年龄年轻，染过的黑发在脑后绾成了一个髻，身上的绣花旗袍造工考究，脚上着一双缎面的半跟鞋，右手的手腕上戴着一只碧绿色的翡翠玉镯。她有一双温柔的黑眼睛，却配上一个坚毅的下巴和一副冷静的神情，这张脸既可以慈爱，也可以冷漠。这一刻的她，脸上的神情正介乎两者之间。

徐夫人打量了邢露一下，做了个手势，说："请坐吧，邢小姐。"

邢露依然站着，回答说："不用了。"

徐夫人脸上泛起一丝微笑，说："你做得很好，谢谢你。"

邢露那双憔悴的眼睛望着她，迟疑地问道："他现在怎么样了？"

徐夫人说："多谢你关心。"

邢露知道，这句话的意思其实是："与你无关，你不用知道。"

她又问："那些画廊商人为什么都不买他的画？是因为你吗？"

徐夫人只说："钱可以买到很多东西。"

邢露恍然明白了，徐承勋画的画，是永远不会有一个画商愿意买的。

她直挺挺地站在那儿，没有再问下去。

徐夫人从书桌上拿起一张银行支票递给邢露，说："这是你的酬劳。"

邢露没有伸出手去接。她咬着牙说："我不要了。"

徐夫人脸上露出诧异的神色，她望着邢露，静静地衡量她、怀疑她，想知道她到底要什么。

邢露鼓起勇气说：

"我爱上了他。"

徐夫人没说话，这样的沉默让邢露看到了一丝希望。她的心怦怦跳起来，那双患得患失的大眼睛想从徐夫人脸上看出一些端倪。

徐夫人脸上没有任何表情。她看着邢露，慢慢地说："但是，你更爱钱！"

邢露无言以对。

徐夫人把那张支票递到她面前，冷冷地说："一千万可以做很多事情。你检查一下数目。"

邢露有点激动地说："你根本不了解你儿子！"

徐夫人反问："难道你会比我更了解他吗？"

邢露说："要是你爱他的话，根本就不会这样对他！"

徐夫人淡然地说："你也一样。"

邢露语塞了。徐承勋母亲说得对，要是她真的像她自己以为的那么爱徐承勋，她早就应该收手了，为什么还要做下去呢？为什么不能向他坦白呢？也许他会相信。他还是可以当个穷画家，两个人还是可以过平凡日子的。但是，天知道到底为什么，她根本没有想要收手。

于是，她接过了徐承勋母亲手上那张支票。

"我希望你会遵守你的诺言，一星期之内离开香港。"徐夫人说。

11

　　飞机离开香港启德机场的跑道，徐徐升起。邢露坐在机舱后排，头倚在窗上，最后一次回望这个夜色绚烂的城市。

　　十一个小时之后，飞机会在伦敦降落。她上次去英国，已经是十五年前的事了。对邢露来说，伦敦或是英国，就像《魔戒》里面那个住着许多精灵的"千洞之城"。这是一座悬挂着无数金色灯笼的森林，走过长廊，可以听到鸟儿的鸣叫和水流的声音，繁灯一样的喷泉随处可见，中土上没有哪座城邦能比得上"千洞之城"这般美丽的了。

　　十五年来，她多么渴望奔向那儿，相信那个城市可以治愈她一切的忧伤，满足她所有的欲望。可是，为什么她这一刻完全没有梦想实现的快乐感觉呢？

　　二十个月之前，她在报纸的下方看到那则广告，一位富有而孤独的老夫人想找一位年轻人陪她环游世界。她仿佛看到了希望的火光，于是，她把相片和履历寄去了。

　　那封应征信一直没有下文，她以为自己落选了。然而，约莫两个月后的一天，她突然接到一通电话，通知她去面试。

第二天，她来到德辅道西一幢旧商厦的办公室。办公室大门的招牌上这么写：

林亨私家侦探社
一般调查　工商信用
秘密跟踪　失踪调查
商情搜集　疑难解答
伸张正义　绝对保密
世界侦探总会　英国侦探总会　会员

这块招牌几乎都比办公室的门大了。

邢露心里想："为什么会是一家私家侦探社呢？"

她决定进去看看。办公室不会比门大多少。一个身材矮小、秃头的男人看到邢露进来，连忙从办公桌后面站起来。他架着一副粗黑框眼镜，细窄的眼睛藏在眼镜后面，看起来阴沉而狡猾，一口泛黄的牙齿。

邢露极度小心地说："我是来应征的。"

矮小男人说："你是邢露小姐吧？我是林亨。你很准时。"

邢露神色不安地瞄了一眼这个简陋的办公室，办公桌上乱七八糟散满了东西，右边一个鱼缸里养着几尾慢吞吞地游着的金鱼，看起来脏兮兮的。她想不出这里跟那个报纸广告会有什么关联。

就在她想拔腿逃跑的时候，林亨说："徐夫人已经到了。"

他打开办公室左边的那扇木门说："她在里面等你。"

邢露没想到那扇门后面是一个房间。她探头进去，这个房间比外面大，她果然看到一个中年女人和一个老妇人。中年女人穿一袭白色镶珠片旗袍，看起来雍容华贵；老妇人穿灰布长衫，身材瘦削，一头白发，像忠仆似的守在穿旗袍的女人身旁。

林亨对邢露说："请进。"

邢露迟疑地走进去。本来坐着的两个女人同时站了起来，两个

人目不转睛地上下打量邢露。邢露认出穿白色旗袍的那个女人，她
是船王徐浙生的夫人！

　　香港船王徐浙生一年多之前心脏病发猝逝，全港报章的头版一
连许多天报道他的死讯和备极哀荣的葬礼，外国政要、欧洲皇室成
员和香港的港督也去向他致祭。邢露在报纸上见过徐夫人的照片，
这位一向很少曝光的遗孀在那些照片中神情哀伤。

　　邢露不禁满腹疑团，心里想："徐夫人就是那位想找人陪她环
游世界的老夫人吗？可是，她一点儿也不老啊！站在她旁边的那个
才算老呢！"

　　这时，徐夫人对身边的老妇人说："林姨，你们到外面等我吧！
我想单独跟邢小姐谈一谈。"

　　穿灰布长衫的老妇人目光犀利地瞄了邢露一眼，说："知道了，
夫人。"

　　老妇人和林亨都退出去之后，徐夫人做了一个手势，说："邢小姐，
请坐。"

于是邢露和徐夫人面对面坐了下来，双手生硬地搭在两个膝盖上。

徐夫人神色有点紧张地说："邢小姐，你本人比照片还要漂亮。"

邢露带着不自然的微笑说："谢谢你。"

徐夫人看了邢露一眼说："所有应征者之中，我们觉得你的条件是最适合的。"她停了一下，好像是想找出适当的字眼。再度开口时，她说："这件事真的不容易开口……"

邢露突然觉得这件事并不是广告上说的那么简单。况且，徐夫人这么有钱，怎么会光顾这种私家侦探社呢？为的却只是找一个女孩子陪她环游世界？

徐夫人继续说："那个广告是假的。"

邢露怔住了。

徐夫人又继续说："因为真实的情况不方便说出去，所以，只好登一个这样的广告，方便我们去找合适的人选……"

邢露说："我不明白你的意思……"

徐夫人说："我想请求你帮一个忙。"

邢露想不到她有什么可以帮这个有钱人的忙，但是，她还是留心听徐夫人说下去。

徐夫人深深吸了一口气说："要是你待会儿拒绝帮这个忙，那么，我今天所说的一切，你就当作没听过好了。"停了一会儿，她说，"先夫是已故船王徐浙生，相信你也听过他的名字吧？"

看到邢露点了一下头之后，她接着说下去："我们只有一个儿子，今年二十四岁。这孩子从小就爱画画，我一直以为他只是把画画当成嗜好，因为，他总有一天是要继承家业的。

"没想到这孩子一点儿都不想继承家业，不管我怎么劝他，他也不肯听，更和我大吵了一场，一个人搬了出去，一心一意只想当个画家。

"这一年来，我接手管理先夫的生意，一个女人，可以说是身心俱疲。先夫还有许多心愿未了，但是我知道，我儿子不管怎么挨穷、怎么吃苦，也是不肯回来的。他太年轻了，很多事情还不明白。目前看来，只好试试这个办法……"

邢露愈听愈不明白。那个富家子要去当个画家，与她有何关系？

徐夫人望着邢露，沉默了一段时间，突然说道："邢小姐，我希望你能够设法让我儿子爱上你，然后离开他。理由是嫌弃他穷。"

邢露呆住了，冲她说道："徐夫人，你到底知不知道自己在说什么？！"

徐夫人回答："我当然知道，我想我儿子回家。"

邢露说："这跟我有什么关系？我为什么要帮你的忙？"

徐夫人这时递给邢露一沓资料，说："邢小姐，请你看看这个。"

邢露用手指翻阅那沓厚厚的资料。她简直吓呆了，那根本就是她的秘密档案，上面有关于她身世的详细资料，包括她邢家上几代曾经是名门望族，她在英国的祖父死前是个游手好闲的绅士，她父亲是个穷画家，欠了一屁股的债，甚至她跟程志杰和杨振民过去的恋情都一一记录下来，还有她这两个月来的行踪和偷拍得来的照片。她突然明白，他们为什么等了两个月才见她，一定是外面那个私家侦探拿到她寄来的履历之后，花了一段时间暗中调查她。

邢露激动得从椅子上跳了起来，叫道："你们凭什么这样做？你们到底想怎样？"

徐夫人脸上带着些许歉意说：
"邢小姐，你别生气。事关重大，我们必须确定你是适合的人选。"

邢露冒火地说："就因为我穷，所以你认为我什么都肯做？"

徐夫人冷漠地说："每一样事情都能买，也能卖。"

邢露觉得这个女人简直就是在侮辱她。她愠声道："这种事我不会做！"

"不如我们先来谈一下酬劳吧！"徐夫人说，"事成之后，你会得到一千万。"

邢露惊住了。她睁大眼睛望着徐夫人，压根儿不敢相信自己的耳朵。

徐夫人诚恳地说："邢小姐，我会很感激你帮我这个忙。而且，我儿子并不是丑八怪。你不用现在答应，三天之内，我会等你回复。"

邢露不禁问："为什么是我？"

徐夫人回答说："我可以找到比你漂亮的女孩子，但是，你是我儿子会喜欢的那种女孩子。今天见到你，我更肯定我不会错。邢小姐，你那么年轻，一千万可以做很多事情。你好好考虑一下吧。"

邢露没有立即答应。离开侦探社之后，她在书店买了一本《徐浙生传记》。

那天晚上，她从头到尾翻了一遍那本书。徐浙生比她想象中还要富有。他生前是世界十大船王之首，稳执世界航运业牛耳，旁及

金融、保险、投资和地产。美国总统、英国首相、英女王、日本天
皇都是他的好朋友，他跟美国总统可以直接通电话，也是英国唐宁
街十号首相府的常客。妻子顾文芳是她的学妹，夫妻恩爱，两人育
有一子。书里有一张徐承勋小时候与父母的合照。徐夫人没说谎，
徐承勋不仅不是丑八怪，而且长得眉清目秀。

邢露放下书，愈是去想，脑海里愈是乱成一团。一千万……一
个女人给她一千万，要她爱上自己的儿子，然后抛弃他。她不会是
做梦吧？

有了那一千万，她就可以做她想做的事。

她想要那笔钱。于是，到了第三天，她打了一通电话给徐夫人。

"我答应。"她有点紧张地说。

徐夫人感激地说：
"谢谢你。林亨是我管家林姨的侄儿，绝对可以信任。他会协
助你。你有什么事，都可以找他帮忙。不过，我要提醒你，如果我
儿子从你口中知道这个计划，到时候，我是不会承认的。"

邢露忐忑地问："徐夫人，要是他不喜欢我呢？"

徐夫人简短地回答："你得设法让他喜欢你。"

事情就这样展开了。

第二天，邢露从林亨那儿得到一份徐承勋的资料，里面除了有他的相片之外，还详细列出他各样喜好，喜欢的画家、喜欢的音乐、喜欢的书、喜欢的食物，比如说：他最喜欢吃甜品，尤其是巧克力。

他每天都到公寓附近的一家咖啡店喝一杯咖啡。于是，店里原来的一个女招待给辞退了，林亨安排邢露代替那个人。

那时候，邢露正对有钱人充满蔑视和愤恨。第一次在咖啡店见到徐承勋的时候，她心里就想："这种人也能挨穷吗？说不定我还没抛弃他，他已经挨不住跑回家了！"

还没看到徐承勋的油画之前，她以为这种公子哥儿所画的画又能好到哪里？但是她错了，他才华横溢。

他也不是她想象中的那种公子哥儿。他是个好人，他能吃苦。

她以为自己可以很无情，她的心早已经麻痹了，甚至连爱情和身体都可以出卖，不料她一心要使徐承勋爱上她，自己倒深深爱上了对方，就像一个职业杀手爱上了她要下手的那个人。

从来没有一个男人像徐承勋那样爱过她，他治愈了她心中的伤口，可是，他也是她唯一出卖的男人。

甚至到了最后，她还要林亨帮忙，找来那个男模特和那间豪华公寓，合演了一出戏，伤透了他的心。

徐承勋永远都不会原谅她了。

12

伦敦的冬天阴森苦寒。邢露记起九岁那年她第一次来伦敦的时
候，父亲告诉她：

"你会爱上伦敦，但是，你会恨它的天气。"

那时候，她为什么不相信呢？

她曾经以为，当她有许多许多的钱，她会变得很快乐，所有她
渴望过的东西，她如今都可以拥有。可是，来伦敦一年了，她住在
南部一间出租的小公寓里，重又当上一个学生。她把长发剪短，现
在她穿的衣服比起她在香港时穿的还要便宜，生活甚至比从前艰苦。
她舍不得挥霍银行户头里的那笔钱，不是由于谨慎，而是把它当成
了爱情的回忆来供奉。

一年前离开香港的时候，走得太匆忙了，她跟明真说："我到
了那边再跟你联络。"

就在她走后的那天，一台黑亮亮的钢琴送去了。那是她静悄悄
送给明真的一份礼物。读书的时候，她们两个都很羡慕那些在学校
早会上负责钢琴伴奏的高傲的女生。明真常常嚷着很想要一台钢琴。

这么多年后，她终于拥有了。

如今，邢露不时会写信给明真，甚至在信里一点一滴地向她透露往事。这本来有违她沉默和多疑的天性。也许是由于她憋得太苦了，也由于她知道自己不会再回去了，两个人隔着那么遥远的距离，反而变得比从前更亲近，彼此交换着秘密，并要对方再三发誓不管发生任何事，也不会说出去。

时间并没有冲淡往事。多少个夜里，邢露在公寓的窄床上醒着，觉得眼前的一切是那么陌生，她仿佛是不属于这里的。她来到了神话里她魂牵梦萦的"千洞之城"，却看不见金色的灯笼和有若繁灯的喷泉，反倒发现自己是个孤独的异乡人，面对泰晤士河的水色，就会勾起乡愁。

每当痛经来折磨她的时候，她总会想起那天徐承勋背着她爬上公寓那条昏暗的楼梯的身影，他说："我们生一个孩子吧！"那是最辛酸的部分。她本来是可以向他坦白的，但是她没有。

二月的一天，痛经走了，她却还是觉得身体虚弱疲乏。一天，在学校上课的时候，她昏厥了。同学把她送到学校附近的医院。在那儿，一位老医生替她做了详细的身体检查，要她一个星期之后再来。临走前，那位老医生问她："你的家人有过什么大病吗？"

邢露回答说："我祖父是淋巴癌死的。"说完，她虚弱地走出医院。一个星期后，烟雨蒙蒙的一天，她又回来了。除了有点疲倦，她觉得自己精神很好。

那位老医生向她宣布："是淋巴癌，你要尽快动手术。你回去跟家人商量一下吧，明天再打电话来预约手术时间。要尽快。"

邢露蹒跚地离开医院，心里充满了对已逝的祖父的愤恨，是那个老人的圣诞礼物把她一步一步引来这里的，原来就是要把这个病遗传给她吗？那个自私的老人，她甚至不记得他的样子了。

回家的路，漫长得有如从遥远的中土一路走到眼下茫茫的世代。烟雨湿透了她的衣衫。她走进屋里，开了暖气，软瘫在客厅那张红色碎花布沙发里，窗外淅淅沥沥的雨声在她耳边回响着，渐渐消减至无。

要是她早知道会有这个病，她还会答应出卖她的爱情吗？她曾经那样渴望死而不可得，死神却在她措手不及的时候，有如惩罚一样降临。她应该诅咒上帝，咒骂宿命对她的不公平，还是应该感谢上帝，给了她治病的钱？

这时，外面有人按门铃。她以为是死神来访，蹒跚地走去开门。门一打开，她惊住了。

徐承勋站在门外，他穿着一套笔挺的蓝色西装，一头服帖的短发，脸上有刮过胡子的青蓝色，从前脸上那种快活开朗的神情不见了，变得严肃和稳重。

徐承勋首先开口说："是明真告诉我你住在这里。我可以进来吗？"

邢露点了点头，让他进屋里来。

她望着他的背影，在她枯萎的内心深处又重新泛起了一度失去的希望，是明真把一切都告诉了他吗？

徐承勋转过身来，说："我来伦敦之前，在街上碰到她。"随

后，他看了一眼这间局促的小公寓，狐疑地问她，"你那个有钱男
朋友呢？他没跟你一起来吗？"

重新泛起的希望一下子熄灭了。邢露用左手紧紧捏住右手的几
根手指，她右手的无名指上套着他送的那枚玫瑰金戒指，分手后，
她一直戴着。

"不能让他看见。"她心里想。

两个人沉默了很长的一段时间，徐承勋终于说："我本来是可
以给你一切你想要的东西。"

邢露装作听不懂，说："我不明白你的意思……"

徐承勋踱到窗户那边，墙壁上一排古老的暖气管道在他脚边发
出轻微的响声。他说："你认识我的时候，我很天真，想要当个画家，
以为会有人无条件地爱我，不会因为我是什么人……"

邢露心里悲叹着："他好恨我！"

然而，她轻皱着眉头望着他，装作还是不明白他想说什么。

徐承勋说："你当然不知道。那也不能怪你。我是很有钱的，你想不到吧？"

邢露抿着嘴唇没说话。她把几根手指捏得更紧了。

徐承勋朝睡房敞开的门往里面瞥了一眼，回过头来望着邢露，嘲讽地说："生在一个那么有钱的家庭，让我觉得有点不好意思，就好像我们是拿走了别人应得的那一份似的，我甚至想过要放弃我的财产，只做我喜欢的事，像你说的，我以为贫穷是一个光环。"

邢露只说："你没有画画了吗？"

徐承勋耸了耸肩，冷淡地回答："我现在很忙，没时间了。"

他继续说："谢谢你让我知道，有钱并不是罪过，贪婪才是。"

邢露咬着颤抖的嘴唇，沉默不语。她明白了，他来这里，不是对她尚有余情，而是要向她报复。

她是活该的。

徐承勋走了之后，邢露绝望地蜷缩在公寓那张窄床上，那种痛楚又来折磨她了。她觉得肚子胀胀的，比痛经难受许多。她很热，身上的睡衣全湿了，黏在背上，有如掉落在泥淖里挣扎的一只可怜的燕子似的啜泣起来。

到了第二天，她打电话到医院。

那位老医生接到电话，问她："你想哪一天做手术？"

邢露说："这个星期四可以吗？"

13

昨天晚上下了一场大雨，星期四的清早，灰色的晨雾沉沉地罩住伦敦的天空。邢露带了几件衣服，出门前，她戴上一条樱桃红色缀着长流苏的围巾，在脖子上擦上了爽身粉。

那茉莉花的香味是她的幸运香味。

她离开了公寓，本来是要往东面的车站去的，那边不知道为什么挤满了车。她决定抄另一条路往地铁站。

她走进西面一条阴暗阒寂的巷子，地上布满了一个一个污水洼，她匆匆跨了过去。

猝然之间，一只肮脏的大手不知道从哪里伸出来使劲地抓住她的手臂，她猛地扭回头去，看到一个蓬头垢面的流浪汉，那人紧张地朝她喝道："把你的钱给我！"

邢露想逃，那人扯住她脖子上的围巾把她揪了回来，亮出一把锋利的小刀，贴在她肚子上，把她肩上的皮包抢了过来。

这时，一星闪烁的光亮映进他贪婪的眼睛里，他命令道："戒指脱下来给我！快！"

"不！"邢露哀求道，"这不能给你！求求你！"

那人没理会她，抓住她的手，想要把那枚戒指扯下来。邢露挣扎着喊道："不！不要拿走戒指，我可以给你钱！"

那把小刀一下就捅入了她的肚子，鲜血有如决堤的河水般涌了出来。那人惊慌地丢下小刀逃跑了。

邢露双手惊惶地掩住伤口，想要走出那条巷子，却像中了箭的鸟儿，开始翻翻滚滚，飘飘晃晃地，终于掉落在一个污水洼里。

她本来是想活下去的。

她这一生都努力过得体面些，而今，污水却浸湿了她散乱的头发，她瘫在那儿，浑身打战，鲜血从肚子一直绵延到她的脚踝边。她闻到了血的腥味，那味道有如尘土。

她直直地瞪着天空，雾更深了。一两颗不知道是雾水还是雨水开始滴落在她那双曾经贪恋过人世间一切富贵浮华的眼睛上，然后是因为说谎而打开、由于悔恨而哭泣的嘴巴，接着是抚摸过爱人的胸膛的指尖，最后是脚踝，那双脚曾经跟幸福走得那么近。

她想起徐承勋那天背着她爬上那条昏黄的楼梯，他说："我们生一个孩子吧！"她也想起和他在山上那幢白色平房看到的一抹残云，他说过要跟她在那儿终老。

她有如大梦初醒般明白，她走了那么多路，并不是来到了"千洞之城"，而是走进了"死亡沼泽"，这片沼泽是没有出路的，精灵和半兽人的鬼魂四处飘荡。

可她为什么会走在这条路上呢？

远处的教堂敲响了晨钟。

巷子这边一个破烂的后窗传来收音机的声响，一个女新闻报道员单调地念着：已故船王之子今早到访唐宁街十号首相府，与首相共进早餐。

邢露的脸色变得惨白，嘴巴微微地张开。

年轻船王挥军登陆，宣布入股英国第一银行，将成为第
二大股东……

邢露突然笑了，是她让徐承勋回去继承家业的。他那么成功，应该是幸福的。伤口已经没有血涌出来了，她尝到了幻灭的滋味，不会再受苦，也不会再被欲望和悔恨折磨了。她的头歪到右肩上，断了气。

船王同时表示，现正商讨入股英航……

几个钟头之后，雨停了，一条闻到死人气味的邋遢的黑狗跑进巷子里来，朝尸体吠叫。一个脑袋长着癣、只有几根头发的拾荒妇跟着黑狗走来，抓起系在黑狗颈上的绳子叱喝它。狗儿噤声了。

拾荒妇看到邢露僵直地瘫在污水洼里，指甲脏兮兮的，她跑去叫了警察。不过，在喊警察来之前，她动作利落地把邢露手指上那枚玫瑰金戒指脱了下来，藏在身上破衣的口袋里。

14

邢露死后，母亲从律师那里收到通知，女儿把全部的钱留给了她。她完全不明白，女儿户头里为什么会有这么庞大的一笔遗产。

可是，她已经没法问了。

她心爱的女儿就这样走了，丢下他们两个老人。她想起女儿小时候多么乖、多么可爱，美得像个洋娃娃，她这个母亲所做的一切，全是为了她。这孩子太可怜了，让她心碎。

女儿留给她的钱，她打算用一部分来买两间房子，一间自住，一间租出去，最近房子都涨价了。她那没用的丈夫如今喝酒喝得更凶了，没有一刻是清醒的，可是，长久的相依已经成为习惯，而且，女儿已经不在了，他们两个人又像年轻时一样，互相厮守。

15

邢露死后一年，徐承勋已经把手上的船队数目大幅减少，成功
进军地产和银行业，买下了大量土地，避过了世界航运业衰退的危机。

母亲很为他骄傲。

他温柔的母亲是世上对他最好的女人。他从前为什么会跟母亲
吵架，让她伤心呢？跟邢露分手之后，他沮丧到了极点。一天，管
家林姨忧心忡忡地跑来告诉他，母亲病倒了，病得很严重。

他赶去医院见母亲，母亲躺在床上，虚弱地握住他的手，说："孩
子，你瘦了。你这些日子都好吗？一个人在外面习惯吗？"

那一刻，他哭了。

母亲恳求他回去接掌家族的生意，那时，他正对人生感到万念
俱灰。他答应了。

他没想到他是可以做生意的。

如今，他已经不再画画了。

最后一次在伦敦那间小公寓里见到邢露时，他说了许多伤害她的话，却瞥见她房间里依然放着他画给她的那张肖像画。

他心里想："她为什么还留着这张画呢？"

从英国回来之后，他才知道她的死讯。

他不恨她了。

那时候，他是想要为邢露放弃画画的，他可以给她许多许多的钱，满足她一切的欲望，只为了她的微笑，只为了看到她快乐。他知道她缺乏安全感。

他终究是爱过她的。

邢露死后第二年，徐承勋结婚了，娶了一个银行家的女儿。这个女孩子虽然没有主见，却温婉娴静，母亲喜欢她。

结婚的那天，新娘头戴珍珠冠冕，披着面纱，穿着长长裙摆的象牙白色婚纱，由父亲手里交给新郎。

婚后第二年，徐承勋的第一个孩子出生了，是个男孩子。

图书在版编目（CIP）数据

红颜露水 / 张小娴著 . —北京：北京联合出版公司，2014.7

ISBN 978-7-5502-3270-9

Ⅰ．①红… Ⅱ．①张… Ⅲ．①言情小说－中国－当代 Ⅳ．① I247.5

中国版本图书馆 CIP 数据核字 (2014) 第 158646 号

本书经由青河文化事业出版有限公司授权

本书限于中国内地发行

红颜露水

作　　者：张小娴

选题策划：北京磨铁图书有限公司

责任编辑：张　萌

封面设计：WONDERLAND 仙境

排版制作：弘果文化传媒

北京联合出版公司出版

（北京市西城区德外大街 83 号楼 9 层 100088）

廊坊市兰新雅彩印有限公司　新华书店经销

字数 133 千字　880 毫米 ×1230 毫米　1/32　印张 7

2014 年 10 月第 1 版 2014 年 10 月第 1 次印刷

ISBN 978-7-5502-3270-9

定价：32.00 元